dtv

Nur ein Bleistift und ein Büchlein mit Notizen in einer angeschwemmten Zigarrenkiste zeugen von dem Drama, das sich vor 150 Jahren in der Nordsee abgespielt hat: Der Navigationsschüler Tjark Evers beschließt, seine Familie auf Baltrum mit einem Besuch zu überraschen. Das Wetter ist ungünstig, es herrscht dichter Nebel, doch Tjark ist voller Vorfreude, als er sich im Wattenmeer absetzen lässt, da, wo der Sand höher wird. Die beiden Ruderer und das Boot werden rasch vom Nebel verschluckt und Tjark macht sich auf den Weg. Aus einer Ahnung wird bald Gewissheit: Er befindet sich nicht auf der Insel, sondern steht auf einer vorgelagerten Sandbank – und das Wasser steigt unaufhörlich. Da niemand ihn erwartet, wird auch niemand nach ihm suchen ... Während seine Stiefel voll Wasser laufen, im dichten Grau nur das Glucksen der Wellen zu hören ist, hadert Tjark mit dem Himmel. Zwischen Traum und Wirklichkeit ringt er um sein Leben – und trifft schließlich eine bittere Entscheidung.

Astrid Dehe und *Achim Engstler* arbeiten seit 2008 als Autorenduo und wurden 2011 mit der Essaysammlung ›Kafkas komische Seiten‹ einem breiteren Publikum bekannt. Astrid Dehe lebt in Münster, Achim Engstler in Friesland.

Astrid Dehe
Achim Engstler

Auflaufend Wasser

Novelle

Deutscher Taschenbuch Verlag

Ausführliche Informationen über
unsere Autoren und Bücher
finden Sie auf unserer Website
www.dtv.de

MIX
Papier aus verantwortungsvollen Quellen
FSC® C019821

2015 Deutscher Taschenbuch Verlag GmbH & Co. KG,
München

Der Verlag dankt Garrelt van Borssum für die
Reproduktion und freundliche Abdruckgenehmigung von:
Willem Pieter Camp, ›Neue geographische Charte von
den Fürstenthum Ostfries und Harlingerland‹, Amsterdam 1804
Umschlagkonzept: Balk & Brumshagen
Umschlagfoto: plainpicture/René Reichelt
Druck und Bindung: C.H.Beck, Nördlingen
Gedruckt auf säurefreiem, chlorfrei gebleichtem Papier
Printed in Germany · ISBN 978-3-423-14411-7

FÜR TJARK EVERS

IM INSELMUSEUM, das früher als Zollhaus gedient hat, döst am Eingang ein Alter, den der Sommer erschöpft. Die Wanduhr über ihm tickt, als sei sie der Stunden müde und zähle Epochen. Sie geht nach, zeigt das neunzehnte Jahrhundert.

Wir sind die einzigen Besucher. Niemand sonst, dem die Festtagskleider der Insulanerinnen gefallen, schwarz und streng, mit einer Andeutung von Pracht um die Schultern. Niemand, der über handbemalte Kacheln streicht, auf denen blaue Schiffe segeln und Fische unter blauen Wolken schwimmen. Niemand, der von Schaubild zu Schaubild verfolgt, wie Sturm und Tide diese kleine Insel vor der Küste Ostfrieslands geformt, getrieben, zerrissen haben. Niemand außer uns, der in der für sich stehenden Vitrine vier Dinge sieht: ein Taschenbuch, einen Bleistift, eine Kiste, ein Halstuch.

Angeordnet sind die Dinge als Stillleben, fast sakral auf weißem Grund. Vorn das Taschenbuch, wie auf einem Pult, rechter Hand der Bleistift, hinter dem Buch die Kiste auf einem kleinen Podest, daneben das steif drapierte Tuch. Das Papier ist gewellt, der Stoff verblichen, das Holz der Kiste und des Bleistifts ungleich gefärbt wie Treibgut. Man ahnt, dass die Dinge im Wasser waren und lange gebraucht haben, Generationen vielleicht, um zu trocknen.

Große, saubere Kurrentschrift füllt die zwei aufgeschlagenen Seiten des Buchs. Viel Worte macht der Schreiber, ein junger Insulaner, nicht. Knapp und gefasst nimmt er Abschied von Eltern, Brüdern und Schwestern. Geschrieben hat er die Zeilen am 23. Dezember 1865, entnehmen wir dem Begleittext, auf einer Sandbank im Wattenmeer, wenige Kilometer von hier entfernt. Die mit dem Halstuch verschnürte Zigarrenkiste wurde später am Strand einer der benachbarten Inseln angespült. Von dem jungen Mann fehlt jede Spur. Er habe aber, heißt es, auf der Sandbank mehr geschrieben als nur diesen Abschiedsbrief.

Damit endet die Erläuterung. Was auf den übrigen Seiten des Taschenbuchs steht und was zwischen den Zeilen, erfährt man nicht.

Vor der Tür wird ein Stuhl gerückt. Der Alte hustet, dann knarren Dielen. Das Museum schließt.

ZEE
Langeroge
Baltrum
Norderney
Accumer Ee
Wichter Ee
Norden
Aurich
Emden
Amt Berum
Amt Esens
Harrlingerland
Dornum
Westerholt
Marienhafe
Riepe
Ochtelbur
Bangstede
Weene
Holtrop
Wiesens
Victorbur
Engerhafe
Siegelsum
Wirdum
Uttum
Loppersum
Twixlum
Nesserland
Oldersum
Timmel
Westerende
Bedekaspel
Forlitz
Barstede
Blaukirchen
Uphusen
Wolthusen
Siemenswoldt
Hatzhusen
Osteel
Burgerbuhr
Hage
Arle
Nesse
Westerbur
Westeraccum
Westerbever
Roggenstede
Amt Emden
Amt Norden
Amt Greetsiel

FÄDEN feinster Tropfen treiben in der Flaute dieses Sonntags. Das Netz des Seenebels, kühl und dicht gesponnen. Alles verfängt sich darin.

Das Zeug der Männer ist klamm, ihre Haut sucht das wärmere Fleisch, auch der Kahn, den sie rudern, liegt unruhig. Zwanzig Meter Wasser unterm Kiel, und hier im Seegat drängt die Strömung mit Macht. Gegenhalten.

Zwei wollen einfach durch, einer will nach Hause. Vielleicht denken die zwei mit den Muskeln, wer weiß. Milchsäurephantasien, weiträumig und fahl, an deren Horizont der Rückweg steht, ein Grog im Fährkrug und Torf im Kamin.

Seltsames Wesen, die See, könnte der denken, der nach Hause will, so viele Gestalten, so viele Farben auch im Winter. Schattenschwarz ist sie jetzt, zäh wie ein Irrglaube. Sie kommt nicht und geht, sie atmet, ein urzeitliches, über die Erde hingestrecktes Tier, im Bund mit dem Mond und der Schwere, dem Relief der Küsten und des Watts. Das hier ist ihr Reich. Gegenhalten. Riemen drücken in Dollen, Holz auf Eisen, Hände auf Holz.

Dann werden die Wellen flach, kaum zu spüren, die Riemen kreisen lang. Als der Bug ein paar Schläge später aufsetzt, sieht der, der nach Hause will, nur Sand, spröde wie ein abgewandter Körper, den die Morgenflut beleckt, mehr aus Gewohnheit als entschlossen. Weit sieht man nicht. Nach wenigen Schritten vergeht alles in feuchten Urstoff, bodenlos, als sei die Welt da noch im Werden und wer voreilig die Grenze überschritte, fiele ins Nichts. Tjark nimmt den Seesack über die Schulter, setzt einen Stiefel auf den Bootsrand. Die beiden Ruderer regen sich nicht. Er zuckt die Achseln, springt auf den Sand. Die Insel muss er nicht sehen, die fühlt er, riecht sie, weiß sie vor sich.

Ein paar Schritte noch bis zum Ostrand Baltrums. Ein paar mehr trennen ihn von den ersten Dünenketten und den Häusern dahinter. Häusern mit tief heruntergezogenen Dächern, auf deren First ein zugespitzter Holzstab steckt, zur Abwehr dunkler Geister, die übers Wasser kommen. Mit engen Räumen, in denen Möbel, Kacheln, Porzellan von Häfen erzählen, die den Frauen fremd sind und den Männern vertraut wie jede Planke ihrer Schiffe: Danzig, Riga, Königsberg, London, Antwerpen.

Eine Stunde vielleicht bis ins Westdorf. Wenn er stramm marschiert, kann er zum Gottesdienst da sein. Am vierten Advent geht Familie Evers in die Kirche, die schon betagten Eltern, die Brüder Otto und Eilt, die jüngste Schwester Elise. Tjark erwarten sie nicht, er hatte auf dem Festland bleiben wollen, für die Steuermannsprüfung lernen. Jetzt ist er doch auf der Insel! Ein paar

Schritte noch. Und lernen wird er trotzdem; das Taschenbuch, dessen sandfarbene Seiten trigonometrische Formeln überspülen, hat er eingesteckt, einen Bleistift auch.

Die Bootsleute legen ab, Schlag für Schlag schluckt sie der Nebel, ihre Konturen lösen sich auf, vom Rand her, so wie Erinnerung verblasst, und Tjark sieht ihnen nach, mit einem gewissen Gefühl von Sieg.

Seine Distanz zur Insel hatte sich verändert. Auf die unmittelbare, blinde Nähe der Kindheit war eine Phase gefolgt, in der jeder Kurs, den seine Phantasie steckte, von Baltrum wegführte. Zeit zurückzukommen blieb im späteren Leben noch genug, wenn die Knochen nicht mehr wollten, die Muskeln schmal wurden und die Augen trüb. Die Winter der Jahre, in denen er auf der Tjalk seines Vaters gefahren war, hatten bloß aus Ungeduld bestanden. Sein Wille lag in Fesseln, verdammt dazu, das Einerlei dieser paar Quadratkilometer Sand zu ertragen, der sich vollsog mit kalter, bis in die Dünentäler gepeitschter See, und auf den Frühling zu warten, wenn die Häfen wieder offen waren. Seit er auf dem Festland lebt, ist die Insel ein Ort geworden, der ihn hält, das Andere dieses Dorfes im Moormerland, in dem er auf die Navigationsschule geht, um Schiffer zu werden wie alle Männer seiner Familie, das Andere dieser für sein Raumempfinden viel zu weit erstreckten Masse Land, die nur nach Norden hin ein Ende hat, an der Küste, wo der Blick frei wird.

Festland, das ist für ihn verdeckter Himmel, zugestellt von Bäumen. Festland ist Moor, durch das man Kanäle treibt, an denen Häuser aufgereiht werden wie an der Schnur. Festland ist die Welt der kleinen Rhythmen, der engen Kreise von Handwerk und Handel. Baltrum ist das Gegenbild. Kein Baum, nur kniehohe Sträucher, kein Handwerker oder Händler, nur Seeleute. Die wenigen Häuser verteilt zwischen Dünen, wie der Wind Samen streut. Die Insel von Kräften aufgebaut, die der Mensch weder macht noch beherrscht, und alles vom großen Rhythmus bestimmt, dessen Takt die Schwerkraft schlägt, unter einem höheren Himmel. Deshalb hatte es Tjark seewärts getrieben. Nicht weil Weihnachten war, nicht weil alle seine Mitschüler, die aus umliegenden Fehndörfern stammten, nach Hause fuhren und er allein in Timmel geblieben wäre. Nicht aus Sentimentalität, nicht aus Einsamkeit. Aus Sehnsucht nach dem Offenen.

Gestern Abend war er angekommen in Westeraccumersiel. Mittags hatte er noch auf der Schulbank gesessen und Ellipsen konstruiert, war dann ein Stück auf einem Fuhrwerk mitgefahren und den Rest zu Fuß gegangen, vier Stunden, keine große Sache. An die Strecke erinnert er sich kaum, nur daran, dass er an der Küste auf einmal durchatmen konnte, obwohl schon Nebel über der See hing und der Dunkelheit seltsames Gewicht gab.

Zu viert waren sie am Morgen losgefahren, gleich nach Eintreten der Flut, die beiden Bootsleute und er und Remmer Schneider, ein Langeooger, der auch nach Überfahrt gesucht hatte. Ehemaliger Matrose, sechs Kinder zu Hause, verdingte sich tageweise in den Sielhäfen um die Familie zu ernähren, weil ihn wegen irgendeiner Geschichte keiner mehr an Bord ließ. Der wäre sogar zu Fuß übers Watt gelaufen, nur passte die Tide nicht.

Auf kurze Sicht hatten sie den Ruderkahn durch die Accumersieler Balje navigiert, von Pricke zu Pricke, am Rand der Neiderplate entlang, dann nach Norden gehalten, um Schneider am Flinthörn abzusetzen, dem Südwestende Langeoogs. Der war schon aus dem Boot gewesen, bevor sie die Ruder einzogen, drehte sich nicht mehr um, verschwand nach zehn Schritten im Nichts, die Fäuste in den Taschen und wer weiß welche Spöken im Querkopf. Anschließend hatten sie die Accumer Ee passiert, das Seegat zwischen den Inseln, Richtung Osterhook, dem östlichen Rand Baltrums, vor dem Tjark jetzt steht.

KEINE SPUR MEHR von den Bootsleuten. Kein Laut. Als habe es sie nie gegeben, das Boot nicht, keine Ruder, keinen Zuruf, wenn der Kahn querging, keinen Langeooger, der die Namen seiner Kinder murmelte wie eine Litanei.

Das dichte Grau fasst ihn plötzlich anders an, als Wirklichkeit sich anfühlt. Unentschieden und weich. Lufttemperatur ein Grad Celsius, schätzt er, Wasser zwei oder drei Grad, aber das sind Zahlen, was sie bezeichnen, spürt er nicht. Tjark wischt sich mit dem Handrücken über die Augen, Brauen und Wimpern müssen feucht sein, auch das spürt er nicht. Er sieht nach unten, zwei Stiefel im Wasser, das unmerklich aufläuft, wie lange steht er schon so? Es kommt ihm vor, als habe er seit Stunden die Beine nicht bewegt. Ein Traum, und gleich wacht er auf in der Kammer in Timmel, die er mit zwei Halbwüchsigen teilt?

Tjark schüttelt das ab, stampft mit beiden Füßen so entschieden auf, dass der Wasserfilm spritzt, der den Sand dünn überzieht, und hakt den Seesack fester über die Schulter. Kein Traum. Er steht hier, am Ostrand der Insel, die da ist, auch wenn er sie nicht sieht.

»Navigation ist die Wissenschaft, welche lehrt, ein Schiff nach irgend einem gegebenen Orte auf der Erde mit Sicherheit über See zu führen. Bei Erstrebung dieses Ziels drängen sich vor allen andern unabweisbar die beiden Fragen auf: 1) wo befindet sich das Schiff zu einer gegebenen Zeit? und 2) wie ist von dem für diese Zeit bestimmten Orte des Schiffs weiter nach dessen Bestimmungsorte zu steuern? Die möglichst genaue Beantwortung dieser Fragen ist die Aufgabe, die der practische Navigateur mit Sicherheit zu lösen hat«, heißt es im *Lehrbuch der Navigation und ihrer mathematischen Hülfswissenschaften*. Mit diesen Sätzen waren die Navigationsschüler gestern von ihrem Lehrer Johann August Funk in die Weihnachtsferien und auf den Heimweg geschickt worden. Über See geführt hatte nur Tjarks Weg. Entschlossenheit war nötig gewesen, um ihn an seinen Bestimmungsort zu bringen, kein nautisches Besteck. Es war sogar ohne Kompass gegangen. Ein Gefühl von Sieg.

Der Nebel ist eher dichter geworden, gaukelt den ersten Morgen vor, an dem Land und Wasser noch nicht geschieden waren. Tjark wird gehen, unbeirrt ausschreiten, und sollte der Weg erst dadurch entstehen, dass er ihn geht. Eine Stunde bis ins Westdorf.

Zum schmalen Strand am Osterhook hin steigt der Sand an, wird am Rand der Weißdünen feiner, gesiebt vom Strandhafer. Den Übergang spürt man unter den Sohlen. Tjark schließt die Augen, während er geht, saugt die Luft ein, getränkt mit Wasser, das von oben kommt und ohne Salzgehalt ist. Der Sand fällt ab, statt anzusteigen. Die Flut, eben noch kaum zu merken, zieht an den Stiefeln, das Wasser wird tiefer, schwappt über den Schaft.

Kreischend spuckt das formlose Grau eine Möwe aus und verschluckt sie wieder. Totenstill ist es dann, als hätte die Welt nach der Farbe nun auch ihren Klang verloren. Tjark dreht sich um und watet zurück und ist Sekunden später plötzlich vom Rauschen der Flut umgeben, das aus jeder Richtung zu kommen scheint. Als er wieder auf höherem Sand Tritt fasst, wo das Wasser noch flach ist, dreht er sich im Uhrzeigersinn, sein eigener Kompass. Zu lange gestanden und geträumt, Evers. Nebel hemmt den Orientierungssinn. Du bist südwestlich gelaufen, statt geradezu nach Westen.

Diesmal zählt er die Schritte, zwanzig, einundzwanzig, das Wasser bleibt flach, fühlt sich richtig an, bei fünfundvierzig wird das Wasser tiefer, was er nicht glaubt, ist 1945 doch sein Geburtsjahr, bei achtundvierzig läuft es ihm wieder in die Stiefel und zeigt ein so streifiges Schwarz, dass er weiß, vor ihm liegt ein Priel, fünf Schritte weiter, und die Flut holt dich von den Beinen. Zurück.

Von wo er losgegangen ist, kann er nicht mehr sagen, hat jetzt auch vergessen, die Schritte zu zählen, dreht sich halb um die Körperachse und geht einfach, Fuß vor Fuß.

Ein paar spitze, hohe Schreie, als schlügen kleine Hämmer auf Perlen: Austernfischer. Er sieht die Vögel nicht, aber essen kann man sie, gekocht passen drei in ein Glas. Die Lieblingsspeise seines Großvaters, dessen Namen er trägt: Tjark Ulrichs, Inselvogt, eine Legende, weil er in der Franzosenzeit die Zerstörung des Dorfes verhindert hat, seit vier Jahren tot, ins Holz gelegt. Großmutter Hiemke lebt noch, vom Tod vergessen, blind, jeder ihrer Tage eine Nacht. Hier hebt der Nebel sich einen Moment, wie ein Segel, das der Sturm bläht, und lässt Tjark sehen, was auch auf dieser Seite vor ihm liegt: tiefes Wasser. Vielleicht wird das da immer erst gemacht, vielleicht treiben es seine Schritte aus dem Sand, vielleicht wirft ihm das einer vor die Füße, ein Dämon, der ihn prüft und neckt.

Zurück, wohin? Er weiß nicht, in welche Richtungen er schon gegangen ist, auch über den flachen Stellen steht Wasser, kein Schritt hinterlässt eine Spur. Er wird jetzt einen Kreis schlagen, mit dem größtmöglichen Radius. Seine Füße sind taub vor Kälte, die Zehen spürt er längst nicht mehr. Mag sein, dass sie sich bewegen, wenn er sie bewegen will. Er fühlt nichts. Aber er geht.

Der Kreis wird eine Ellipse, weniger als hundert Schritt im Umfang. Wieder zuckt eine Möwe aus dem Nirgendwo, und dieser folgt etwas, das sich auf ihn stürzt, wild schlägt Tjark um sich, rennt, strauchelt, kann sich gerade noch abfangen, das linke Bein ist nass bis übers Knie, die Erscheinung aber weg, weggeschlagen, weggeschrieen. Keuchend zieht er den Seesack zu sich her der von der Schulter gerutscht ist. Was ist das, wo hat das gelauert?

Was ist das? Die Katechismusfrage. Vor vielen Jahren, im Sonntagsunterricht bei Pastor Renken, hatten sie Luthers Büchlein auswendig gelernt. Tjark war unruhig gewesen in diesen Stunden und mehr als einmal statt in die Inselkirche ins Ostdorf gelaufen, wo man es nicht so genau nahm mit dem, was Kinder taten oder ließen. Die zehn Gebote. Der Glaube. Das Vaterunser. Und nach jedem Gebot, jedem Artikel, jeder Bitte die Frage: »Was ist das?« Die Antworten hatte er gegeben, als er musste, dann ad acta gelegt als etwas, das wohl gilt, aber auf sich beruhen kann. Geblieben war das Bewusstsein, wir alle seien Sünder, von Adam her, daher zum Tode verurteilt, dürften jedoch hoffen, Gott der Herr werde das Urteil mildern, Gnade zeigen als strenger Vater und trösten wie eine Mutter. Den eifernden Gott aus Luthers Katechismus, der zürnt und verfolgt und alle, die seine Gebote missachten, straft bis in siebte Glied, brachte Tjark mit dem Gnaden- und Trost-Gott nicht zusammen. Der war das Gefühl, wenn man sich demütig halte, werde es im Himmel schon gut auslaufen. Das Zürnen hingegen war eine Sache der großen irdischen Mächte, die Grenzen errichteten und verteidigten, eine Sache der Stürme, des Eises, vor allem aber: der See.

Deren Gesetze sind Tjark vertrauter als irgendetwas sonst. Drei Viertel der Fläche des Planeten beansprucht sie, und wenn sie Land freigibt, Land, das sie in Jahrtausenden geschaffen hatte wie Baltrum und die anderen ostfriesischen Inseln, dann nur auf Erbpacht. Das Recht, die Inseln zu nutzen, hatten Menschen erworben. Ein Recht auf Eigentum aber nicht. Das Land blieb in der Gewalt der See, und sie nahm sich den Pachtzins, Jahr für Jahr, griff nach Dünen, die sie wegriss, Weideflächen, die sie überspülte und unter Sand begrub, Menschenleben, die sie verlangte wie heidnische Gottheiten Opfer. Jahre gab es, in denen sie maßlos war, fast alle Häuser Baltrums zertrümmerte, Schiffe von der Reede holte und die Insel, als sei sie ihr zu groß geworden, zerteilte. Zeit seines Lebens hat sie Maß gehalten. Die letzte schwere Sturmflut war im Februar 1825 über Baltrum hereingebrochen. Tjark kennt sie nur aus Erzählungen.

Das hier, dieser Sand, auf dem er steht, ist keine Insel, nichts, das die See freigegeben hätte für Menschen. Dennoch ihr Reich, ein Gebiet, auf dem ihre Gesetze genauso gut galten. Hatte er denn ein Gebot übertreten? Musste er ihren Zorn fürchten? Der Zorn der See, was ist das? Dieser schwarze Alp, den das schwarze Wasser vor ein paar Minuten ausgeatmet hat? Die Flut, gnadenlos vom Anbeginn bis ans Ende der Geschichte? Diese dämonische Verwirrung, die ihn keinen Weg finden ließ durch den Nebel?

Einen Weg finden. Er ist angehender Steuermann. Und läuft jetzt einfach weiter, schreitet wieder aus, so gut es geht, zieht immer engere Ellipsen, marschiert dann kreuz und quer, im Zickzack, schreibt mit Schritten Zeichen in den Sand, die das Wasser verdeckt und im Augenblick wieder löscht. Schreibt Sätze, um die An erkennung der Wirklichkeit noch aufzuschieben, bildet leibliche Konjunktive, die die Unendlichkeit des Möglichen ausleuchten, das Könntesein, diesen Traum, den Menschen träumen, auch wenn das Ist sich längst verfestigt hat.

EINEN WEG FINDEN. Navigieren: ein Schiff, einen Körper über See führen. Nach irgend einem gegebenen Orte auf der Erde, mit Sicherheit. Die erste Frage dabei, unabweisbar, wo befindet sich der Körper, Evers, zur gegebenen Zeit? Dein Körper?

Nicht am Ostrand der Insel. Irgendein Bild von der Accumer Ee flimmert in seinem Hirn, Strömungslinien zwischen Langeoog und Baltrum, die sich wie Adern ins Wattenmeer verzweigen, damit das salzige Blut jeden entfernten Punkt des weich ausgeformten Reliefs, jede Höhe noch erreicht. Irgendwo da. Aber das Bild schärft sich nicht. Wo, wie weit, er kann keine Zahl nennen, kein Maß für Entfernung, keinen geographischen Ort, als seien Längen- und Breitengrad hier in- und übereinandergeschoben bis zur Untrennbarkeit. Tjark schwebt in leerem Raum. Die Fläche unter seinen Füßen maßgeschneidert, so scheint es. Ohne jeglichen Überstand.

Der Nebel schluckt ja alles. Nur das Wasser läuft durch. Die See sieht er, hört er, hört sie kommen, verschlagen wie ein gieriges Tier. Leckt über den Sand, der ihr gehört, den sie auslegt als Köder, zweimal am Tag. Zieht sich zurück. Kommt wieder. Kommt näher. Kommt von allen Seiten.

Du stehst nicht am Ostrand der Insel. Du stehst auf einer Plat.

Er denkt das Wort mit gedehntem Vokal und meint damit eine durch Strömungen und Gezeiten gebildete Anlagerung von Sand im Wattenmeer, die bei Ebbe trockenfällt.

Du stehst auf einer Plat.

Bei auflaufend Wasser.

Im Nebel.

Feststellungen. Sätze und Halbsätze, deren Sinn ans Leben geht, sich dem vegetativen Nervensystem aber noch nicht vermittelt. Der Körper funktioniert vor sich hin, mit diesem kaum zu störenden Optimismus, der alles Biologische trägt. Reflexe greifen ein: von einem Fuß auf den andern treten, Kragen hochschlagen, das Halstuch fester ziehen, Uhr aus der Joppe holen, mit kältestarren Fingern die Feder des Deckels ertasten. Halb neun. Seit halb sieben etwa läuft die Flut, in vier Stunden, gegen Mittag, wird Hochwasser sein und das hier längst versunken, der See gleichgemacht.

Warum geht er nicht los, aufs Geratewohl, und versucht, sich durchzukämpfen? Vielleicht hat er Glück, trifft einen Priel, der flacher ist als gedacht und sich durchwaten lässt, und wenn nicht, schwimmt er eben, das kann er, hat es als Kind von seinem Onkel gelernt, und wenn die Strömung ihn wegreißt, zieht sie ihn vielleicht um die Wattseite der Insel, und er kommt im Südwesten an Land, wo Napoleons Infanteristen vor fünfzig Jahren ihre Schanze in den Baltrumer Sand gegraben haben.

Wunschträume. Er weiß, dass er das nicht schaffen kann. Zu spät, zu kalt, durch die Priele kommt er nicht mehr, der Versuch zu schwimmen wäre aussichtslos, er hat keine Richtung und die Kleider würden an ihm ziehen wie Blei. Er muss ausharren, auf den Beinen bleiben, Zeit gewinnen, Zeit für das Unmögliche, eine Zusammenballung von Zufällen, eine Kette von Ereignis und Entscheidung, unwahrscheinlicher als die, die ihn in diese Lage gebracht hat.

Die »Excelsior« fällt ihm ein, der englische Dampfer, der in einem der Stürme des letzten Winters vor Juist auf Grund gelaufen war, auch an einem Sonntag, kurz vor Mitternacht. Sechs Tage und Nächte hatten die fünfzehn, die schließlich gerettet wurden, in den Wanten und auf den Rahen des Wracks gehangen, mit Tauen gesichert, die ihnen Rücken und Beine zerschnitten, unablässig gepeitscht vom Regen, von Sturzseen überschüttet, vor Kälte erstarrt, ohne Kräfte zum Schreien. Fast bewusstlos ergeben in ihr Verhängnis, waren sie eins geworden mit dem Schiff, das eins wurde mit der wütenden See, von ihr als Opfer beansprucht, als Beute, zu verteilen unter den Wellen der immer höher gehenden, kochenden

Brandung, die Tag um Tag jeden Rettungsversuch der Juister scheitern ließ. Aber sie hatten gehofft, hatten ausgehalten. Sechs Tage und Nächte für sie, für ihn eine Stunde, wenn überhaupt.

Kann er hoffen? Auf einen aus Varel oder Brake, der seine Kuff in Accumer- oder Dornumersiel liegen hat und sich aufmacht, durch das Gat segelt, um an Weihnachten zu Hause zu sein? Keiner würde das tun, bei diesem Nebel und Flaute. Und selbst wenn – das Fahrwasser mochte hundert oder mehr Meter entfernt sein, Sichtkontakt ausgeschlossen. Er würde das Schiff fühlen, das wusste er, aber seine Schreie könnten den Nebel nicht teilen, wie tote Vögel fielen sie ins Wasser, erstickt vom Rauschen der Flut, erdrückt von der feuchten Schwere der Luft.

Auf Baltrum gibt es eine Seenotrettungsstation seit vier Jahren. Und jetzt, im Winter, waren alle Männer auf der Insel, die sechs Leute, die man brauchte, hätte der Vormann in ein paar Minuten beisammen. Dann müssten sie das Boot vom Schuppen auf die Reede bringen, eine halbe Stunde kostet das, denkt er, dann zur Plate rudern, wie weit? Er weiß es nicht. Lass sie eine Stunde brauchen, anderthalb insgesamt. So lange hält er hier nicht aus. Ohnehin, um Alarm zu geben, müssten sie ihn erstmal sehen, und wer läuft am vierten Advent im Osten der Insel herum. Und selbst wenn einer da sein sollte, der sieht zwanzig Meter weit und hört dasselbe wie Tjark: die Flut, hier und da mal Möwen, ein paar Austernfischer.

Kann er auf die beiden hoffen, die ihn hierher gerudert hatten? An ihren seemännischen Instinkt glauben, der sagte, dass da etwas nicht stimmte, nicht stimmen konnte? Ach was, die hatten nur Küste im Sinn, waren schon auf halbem Weg zurück und glaubten ihn so sicher auf Baltrum wie Remmer Schneider auf Langeoog.

Tjark hört es rieseln unter der raschen Zunge der Flut, einen Schwarm von über-, unter-, aneinander schleifender Körnchen, mitgenommen vom Wasser, ihm preisgegeben und doch bei sich, ein rasches Gemurmel, als fügen zahllose kleinste Stimmen sich zu einer eindringlichen großen.

Zu spät, hört er es murmeln. Zu spät.

Der Sand redet. Dieser lose, beständige Verbund unüberschaubar vieler Teile, jedes einzelne von Wind und Wasser aus Gestein geschliffen, in Hunderttausenden, Millionen Jahren vielleicht. Der Sand redet. Warum nicht? Tjark ist doch allein hier mit ihm, mit ihm und der See und dem Nebel. Sie sind seine Gegenüber. Dass Bootsleute da waren und der Langeooger, ist schon ins Irreale entrückt; seine Wirklichkeit sind jetzt Mächte, nicht Menschen. Mächte, die Geschichte haben und, auf ihre Art, auch Sinne haben könnten und Bewusstsein.

»Du träumst, Tjark.« Immer wieder dieser Satz, den hat er oft genug gehört, in allen Tonarten. Vom Vater, wenn er wieder einmal vor dem Haus stand und in den Sturm starrte, mit offenem Mund, von Pastor Renken, wenn er mit den Fingern aufs Pult malte, Umrisse ferner

Länder, Schiffe, die sich gegen himmelhohe Wellen stemmten, Ungeheuer, aus der Brandung gewachsen. Auch Navigationslehrer Funk hatte eingestimmt in den Chor. »Sie träumen, Evers«, wenn er eine Frage überhört hatte, weil der Bleistift, den er hielt, gerade zur Ruderpinne geworden war und das Klassenzimmer zum Hafen, aus dem er auslief. »De nihilo nihil fit, Evers«, aus nichts wird nichts, als ob es nichts wäre, zu träumen.

Hier ist kein Lehrer mehr, kein Stoff, den er zu lernen hätte. Hier darf er träumen. Tjark prüft mit den Füßen den feuchten Grund, der Sand schweigt jetzt, aber er stellt sich vor, dass dies Urding ein fühlendes Wesen ist, dass es eine Stimme hat, Gehör, Augenlicht, Empfindung und Denken.

Was der Sand fühlt, wird bestimmt vom Rhythmus der Gezeiten. Die eine Hälfte des Tages ist er Land, der Sonne ausgesetzt und dem Wind, in der andern überspült ihn das Wasser, schiebt vor den hohen Himmel einen tiefen, der als Linse wirkt, mal trübe, mal klar und seine Farbe in Minuten wechseln kann. Ein amphibisches Dasein. Auch die Fauna, die den Sand berührt, der Druck, den er spürt, die Beschaffenheit seiner Oberfläche wechseln mit Ebbe und Flut.

Hat die See ihn freigegeben, sieht er Wolken ziehen oder Nebelbänke. Manchmal Schneeflocken, die herabschweben und sanft auf ihm vergehen. Silber- und Lachmöwen kreuzen seinen Horizont, wundervoll anzuschauen in ihrem Flug, dennoch Störenfriede, wenn sie mit herrischem, anmaßendem Schrei seine Ruhe zerschneiden. Gelegentlich lassen sie sich auf dem Sand nieder, dann spürt er ihre Krallen und taxiert ein kaum nennenswertes Gewicht, flüchtiges Leben, dessen Präsenz belanglos bleibt. Kaum ein Wimpernschlag des Weltauges, und die Vögel sind dahin. Lass sie kreischen, spöttisch, angriffslustig, triumphierend. Das ist nichts.

Drückt die Flut ihn unter ihren Spiegel, schweben Fische und Krebse über seinen dunkel rollenden Himmel. Quallen treiben vorüber, körperlos, transparente Medusen, die das Wasser formt, als singe es sie. Und selten, sehr selten wolkt sich über seiner Finsternis ein langsam vorrückender Schatten: der breite Rumpf eines Flachbodenschiffs, das sich durchs Wattfahrwasser tastet. Hören kann der Sand die Welt über ihm nicht bei auflaufend Wasser, auch von den Schiffern erfährt er wenig, sie schweigen zumeist, und ihre Gedanken, könnte er sie lesen, gingen nicht weit über den Bug ihres Fahrzeugs hinaus.

Seit der Sand hier angelagert ist vorm Südosten Baltrums, wird ihn kaum ein Menschenfuß betreten haben. Bei Niedrigwasser mag er wohl erreichbar sein von der Insel aus, aber wozu, die Plat wäre ein müßiges Ziel, das kein Insulaner sich steckt. An diesem Morgen jedoch hat der Sand ein Boot gespürt, dann einen, der auf ihn springt, kreuz und quer über ihn läuft, die Absätze in ihn stößt, ein Netz von Linien zieht, als markiere er ein Gebiet. Wer immer das ist, denkt der Sand, er hat sich verirrt. Hierher gehört er nicht, nicht zu dieser Zeit, bei diesem Nebel, dieser Kälte. Was immer er hier tut, nichts kann er erreichen. Spurlos wird jeder seiner Schritte bleiben, wie alles, was Menschen beginnen, soviel der Sand weiß. Sie kommen zu spät, um auf dieser Erde Wege zu bahnen, die Bestand hätten. Zu spät, zu spät.

TJARK hängt seiner Phantasie eine Zeit lang nach, dann schlägt er sie sich aus dem Kopf. Das ist bloß eine P[illegible]t, ein Ding im Wattenmeer, und was er gehört hat, unter den Stiefeln, die das Wasser betastet, war wohl das Echo seiner Gedanken, die Bilanz der Hoffnungen auf Rettung, die er durchgespielt und abgehakt hat. Der Sand ist ihm Halt, solange er ihn hält, aber kein Gegenüber und gewiss keine Macht. Macht ist die See, sind die Gezeiten.

»Das Phänomen der Ebbe und Fluth ist eine der merkwürdigsten Naturbegebenheiten, welche die Weltmeere darbieten, und besteht in dem abwechselnden regelmäßigen Fallen und Steigen des Wassers, welches dergestalt erfolgt, dass während eines Mondtages oder in circa 24^h 50‘ mittlerer Zeit, zwei Mal die Ebbe und zwei Mal die Fluth läuft. An den Küsten der Oceane und an den Küsten der in naher Verbindung mit den Oceanen stehenden kleineren Meere, ist die Ebbe und Fluth besonders bemerkbar.« Tjark sieht die Sätze vor sich; sie stehen im *Lehrbuch der Navigation,* im letzten Teil über Nautische Astronomie.

»Die Fluthwelle ist keine circulirende Strömung, sondern nur eine Erhöhung des Wassers. Man sagt: es läuft die Fluth, wenn das Wasser steigt; es ist Hochwasser in dem Augenblick, wenn das Wasser anfängt zu fallen; es ist Stillwasser in einer kurzen Zwischenzeit, während welcher das Wasser weder steigt noch fällt.«

Stillwasser. Er klammert sich an das Wort, fühlt fast Lust beim Gedanken, dieser unbestimmbare Punkt, an dem die Flutwelle innehält, dieses Aussetzen des großen Atems, der Grat zwischen auf- und ablaufend Wassers, wäre der Moment seines Todes. Der Wirbel von schwingenden, rollenden Wellen erstarrt. Die schwebenden Sandfahnen, von der Flut abgetragen, stehen im Tiefen. Aufgehoben Zeit und Geschichte. Alles gelöscht. Tjark Evers gelöscht, der Sohn des Schiffers Honke Eilts Evers und seiner Frau Trientje, geborene Ulrichs. Ein Liebesakt, zurückgenommen. Eine Zeugung, annulliert.

Sein Herz setzt zwei, drei Schläge lang aus, dann pumpt es wieder, treibt das Blut durch die Gefäße, in den Kopf, hinter die Augen, zerplatzt im Mund zu Schreien. Tjark schreit, brüllt in dieses stehende Grau, tobt gegen den Tod an, ballt die Fäuste, tritt um sich, will alles zertrümmern, was hier ist, alles wegschlagen, was zwischen ihm und der Insel liegt, keucht, zittert am ganzen Körper, sackt auf die Knie, schweißnass, und vergräbt das Gesicht in den Händen.

Er wird betrogen. Ein entsetzlicher, umfassender Betrug, lange vorbereitet und heute, am 23. Dezember

186[illegible]. im Nebel enthüllt. Die einundzwanzig Jahre seines Lebens – einundzwanzig Lügen. Wechsel auf die Zukunft, vom Schicksal nicht gedeckt.

Von Kindheit an hat er alles, was man ihm abverlangte, alles, was er tat und hinnahm, als Vorbereitung empfunden, als Schritte zu dem ihm bestimmten Ziel. Mann sein, hieß für einen Evers, Schiffer sein. Eine Tjalk kaufen, später vielleicht eine Galiot, und Fracht fahren, vom Frühjahr bis spät in den Herbst. Eine Frau haben, Abschied von ihr nehmen, wenn man auf See ging, ein Gefühl, das noch süßer und herber sein musste, als er sich dachte. Ein Haus bauen, in entfernten Häfen Möbel erstehen, bemalte Kacheln, Porzellan mit Goldrand, um die Stube fein auszustatten, der Frau Stoffe mitbringen und Kupferkessel für die Küche. Töchter haben, Söhne, die auch nichts anderes wollen, als Schiffer werden, die zuerst bei ihm fahren, wie er es bei seinem Vater getan hatte, und deren Ältester dann, wenn es Zeit war, sein letztes Schiff übernähme. Nach solcher Zukunft hat sein Leben sich immer angefühlt. Ein paar Monate fehlen noch bis zur Steuermannsprüfung, zwei Jahre muss er anschließend als Steuermann fahren und dann, sobald er vierundzwanzig geworden ist, bekommt er die Zulassung als Schiffer: »Dem Seemann Tjark Ulrich Honken Evers, geboren zu Baltrum, den 9. December 1845, wohnhaft in Baltrum, wird hierdurch bezeugt, dass derselbe die Befugniss besitzt, Deutsche Kauffahrteischiffe jeder Grösse in allen Meeren zu führen.«

Nichts davon. Nie als Kapitän die Pfeife schmauchen, sich keinen Bart stehen lassen, nie mit trockenem Kennerblick die Fracht prüfen, die man in Ålborg, Harlingen oder Blackpool aufnahm, nie Buchweizen durch die Finger gleiten fühlen, Bohnen aus Jutesäcken schütten, nie Kanthölzer sturmsicher vertäuen. Nie auf Planken stehen, die dir gehören, Decksplanken aus bewährter Eiche, glattgeschliffen von Seemannsstiefeln, feucht vom Schaum, den der Sturm aus den Kronen der Wellen reißt.

Dieses Bild fängt ihn ein. Er kniet noch immer, fühlt nur nachgebenden Sand und Wasser, sieht aber festgefügte Planken, auf denen er breitbeinig steht, eins mit seiner Tjalk, die »Taletta« heißt oder »Gesine«, auf die Frau getauft, wie fast alle Baltrumer Schiffe. Gut am Wind liegt sie, hier vor der Küste, hält sich stetig gegen die See, die satt ist und grün. Grün, wie eine Weide mit Schafen.

Die Planken strecken sich, werden heller, Holzbänke sind darauf geschraubt in Reih und Glied, mittendurch läuft ein Rinnsal, man hört unterdrücktes Kichern und die Donnerstimme Pastor Renkens, der Verse aus dem 2. Buch Samuel vorträgt: »Da sahe man Wassergösse / vnd des Erdbodens grund ward auffgedeckt von dem schelten des HERRN / Vnd dem odem vnd schnauben seiner Nasen.« – Die Sache mit Willm Willms, im fünften oder sechsten Schuljahr war das gewesen. Der Hilfslehrer, ein junger Kerl vom Festland, hatte jeden Morgen einen Eimer Wasser zu holen, die Hälfte für die Kinder, die andere für Pastors Schafe. An diesem Tag kam er zu spät, störte den Unterricht und stieß mit Geschepper auch noch den Eimer um. Renken regte sich erst, als die kleine Flut sein Pult erreichte. »Da sahe man Wassergössen« wiederholte er trocken und entließ dann Willms mit den Worten, das Schelten des Herrn bleibe ihm für diesmal erspart, sein Schnauben aber werde er gleich hören. An den Nasen der Schafe nämlich, die Durst hätten.

Tjark schiebt die Erinnerung weg, die ihm kindisch vorkommt, und mit ihr allen sentimentalen Glanz der Zukunftsträumerei. Er fühlt nur noch Wut. Was für ein HERR war das denn? Strafen, sich aus Übermacht in Zerstörung gefallen? Die Erde spalten, Mann und Maus ertränken, nach Gutdünken eine Handvoll auswählen, die überleben darf? Deren Nachkommen ER dann geboren wird, als einer von ihnen, in einem Stall? Und am Vortag seiner Geburt hat er diesmal ihn auserwählt, Tjark Evers, zur Verherrlichung der göttlichen Grausamkeit auf dieser Plat vor Baltrum? Bibelstellen flattern ihm durchs Hirn, er ist erstaunt, wie viele er noch weiß, und würde am liebsten alle in den Nebel schreien, wütend, trotzig, bittend, flehend, aus Auflehnung und Angst, Verzweiflung und erstickender Einsamkeit.

»WArestu nicht zornig HERR in der Flut? Vnd dein grim in den Wassern / vnd dein zorn im Meer? DJe Berge sahen dich / vnd jnen ward bange / Der Wasserstrom fuhr da hin / Die Tieffe lies sich hören / Die Höhe hub die hende auff.« Die Verse sind aus dem Psalter, und Tjark fühlt, wie seine Hände, der Höhe gleich, gen Himmel deuten – er nimmt die Geste im selben Augenblick zurück. Das hier ist nicht der Gnadengott. Keiner, der einen Bund schließt, keiner, zu dem man beten könnte. Das hier ist die See, der blinde Richter, dessen [illegible]ten Spruch die Flut vollstreckt. Der Gott, vor dem man die Knie beugt, ist über der Erde. Dieser hier ist irdisch. Ihm stellt man sich aufrecht. Steh auf.

Was willst du denn. Das wusstest du doch immer, dass es nur diese zwei Möglichkeiten gibt für Baltrumer Männer. Wer nicht neugeboren stirbt oder an der Brust der Mutter, kraftlos und zum Leben unentschlossen, wen als Jungen keine der immer lauernden Epidemien wegnimmt, Blattern, Masern, Pocken, rote Ruhr, brandige Bräune, der ertrinkt entweder oder wird steinalt. So ist das auf der Insel. Einen andern vorzeitigen Tod als den durch Wasser in der Lungen hat der Erdengott für euch Seefahrer nicht vorgesehen. Wen er holt, den holt er im Sturm, bei Flut, in Sturzseen, auf Riffen.

Peter Heyen Schoon, im Norderneyer Watt gekentert und ertrunken. Schoons Vater, auf der Fahrt von Neßmersiel nach Baltrum über Bord gegangen und ertrunken. Eyme Ulrichs, nach dem Absegeln von Königsberg verschollen, Ulrich Reemts Ulrichs, mit einer Ladung Kohlen im Kanal untergegangen. Jan Feddes Gronewold, kurz nach seiner Hochzeit bei Riga ertrunken. Gerjet Dauwes, bei Memel im Orkan gekentert. Fedde Janssen Peters, am Silvestertag von Deck gefallen und ertrunken. Zweien von zehn steht das auf die Stirn geschrieben. Kommen sie aus dem Schoß, blutig, voll von Schleim, ist ihnen ihr Tod schon bestimmt: nicht im Inselsand begraben, sondern unter Wellen, nicht als Großvater, Urgroßvater lebenssatt ins Holz gelegt, mit den Füßen voran aus dem Haus getragen, sondern irgendwo in Nord- oder Ostsee auf Grund gesunken, Gesicht voran, dann aufgeschwemmt, mit der Strömung treibend, zerfressen, zersetzt, aufgelöst.

Vor vier Wochen hat seine Schwester Catharina einen Sohn geboren, Honke Tjarks Ulrichs, was ist mit ihm? Tjark drückt die Absätze in den Sand, um wieder Halt zu finden, atmet tief durch. Ertrinkt, denkt er. Der ertrinkt wie du. Und sieht graubraunes Wasser in Mund und Nase des Säuglings schießen, Schaum quillt heraus, der Kleine erbricht sich, ein paar Minuten kämpft er, während die See sein Blut überschwemmt, dann treibt er in die Tiefen des Kindbetts, gewichtslos, nicht mehr von dieser Welt.

ERTRINKEN ALSO. Lange hast du nicht mehr. Zeit, deine Dinge zu ordnen. Tjark nimmt den Seesack hoch, der ihm wieder von der Schulter gefallen ist und halb im Wasser liegt, knotet die Kordel auf, umständlich, weil die Finger blau sind und steif. Zuerst fasst er die Weihnachtsgeschenke, als er hineingreift, und blinzelt Tränen weg, die wieder hochsteigen. Eine Kiste Zigarren für Vater, ein Stück feiner Seife für Mutter. Beides gestern in Aurich gekauft, wo das Fuhrwerk ihn abgesetzt hatte. Nichts mehr wert. Was er sucht, liegt ganz unten, verstaut unter Wäsche und Hemd. Endlich tastet er den Deckel seines Taschenbuchs, dicke Pappe, kaschiert mit blauem Papier, und zieht es heraus. Der Bleistift ist zwischen die Seiten geklemmt, auf denen sphärische Dreiecke berechnet sind, Winkel bestimmt, Sinus- und Cosinusfunktionen angegeben. Er ist fleißig gewesen, aber eine Reihe Seiten sind noch frei, auf denen er Übungsaufgaben hatte rechnen wollen.

Und jetzt? Jetzt schreibst du deinen Abschiedsbrief hinein, dann vertraust du das Buch der Flut an, in der

Zigarrenkiste. Wenigstens das kann sie für dich tun, die Kiste an einem der nahen Strände anspülen, so, dass sie irgendwann einer findet und weitergibt.

Wie allein er ist. Keiner vermisst ihn, keiner erwartet ihn. Die Schulkameraden und die Bootsleute glauben ihn auf der Insel, die Eltern, Brüder und Schwestern glauben ihn in Timmel. Und er steht hier auf der Plat. Sie werden an ihn denken, er gehört ja zu ihnen, in ihr Leben, aber sie haben die falschen Bilder. Keiner ihrer Gedanken findet ihn hier, keiner kann sein Schicksal berühren. Erst als Toter wird er wieder mit ihnen sein, wenn sie nach ihm suchen, am Ende der Weihnachtsferien.

Drei Hände breit steht das Wasser jetzt über dem Sand, und schon kommt es ihm schwer vor, muskulös und kompakt, ein Körper, der sich nimmt, was er begehrt. Die See wird ihn nehmen. Das ist ihr Gesetz, der Preis, den sie fordert für das Überschreiten der Grenze.

Gut, er bezahlt. Bezahlt für diesen einen Moment, in dem ihn Vorfreude, Tatendrang und ein kleines Gefühl von Sieg blind gemacht hatten. Er gibt dem irdischen Gott, was der verlangt, und damit ist es abgetan. Für seinen Körper hat er nichts mehr zu bitten.

Bleibt die Seele. Die sündig ist, von Adam her, aber Gnade finden kann beim andern Gott, dem im Himmel. Keine greifbare Macht, nur eine Hoffnung, aber eine gute, für die nicht bloß Luthers Katechismus einsteht, sondern der Vater und dessen Väter und die Mutter, die zu diesem Gott betet, wenn es um ihre Kinder geht.

Daran hält er sich. Mit dieser Hoffnung wird er Abschied nehmen.

Tjark klemmt den Seesack unter den Arm, blättert das Buch auf und beginnt zu schreiben, in seiner schönen Schrift, füllt mit großen Bleistiftbögen drei Seiten, die wie gemeißelt wirken:

Liebe Eltern
Gebrüder u Schwestern
ich stehe hier auf
einer Plat
und muß
ertrinken ich bekom
me Euch nicht
wieder zu sehen
und ihr mich nicht

Gott erbarme sich
über mich und tröste
Euch ich stecke
dieses Buch in
eine Sigarren
Kiste. Gott gebe
daß Ihr die Zeilen
von meiner Hand
erhaltet. Ich grüße
Euch zum letzten Mal

Gott vergebe mir
meine Sünden und
nehme mich zu sich
in sein Himmelreich
Amen

An
Schiffer H E Evers
Baltrum
T U H Evers

DER NEBEL IST näher gekommen, während Tjark geschrieben hat. Als habe das Schreiben ihn angelockt. In raschen Schlingen zieht die vom Wasser wirre Luft die Linien des Bleistifts nach, durchfeuchtet Seite um Seite, begierig zu prüfen, ob auch von ihr die Rede ist in diesen Zeilen. Nein, Tjark verliert kein Wort über das Wetter, keins über die Flut, notiert weder Datum noch Uhrzeit, schreibt nicht, wie er hierher gekommen ist und dass Bauch- und Rückenmuskeln zucken vor Kälte. Er steht auf einer Plat und muss ertrinken, das ist alles, das ist genug. Wenn der Brief seine Adressaten erreicht, sofern er sie erreicht, werden die Einzelheiten keine Rolle mehr spielen. Dann zählt nur das Faktum: sein Tod.

Viele Briefe hat er nicht geschrieben in seinem Leben. Einen an die Eltern, als Übung zum vierten Gebot, den sie unter Pastor Renkens Anleitung zum Neujahrstag hatten abfassen müssen. Zwölf Jahre alt war er damals, hatte die Eltern förmlich gesiezt, sich einen undankbaren Sohn genannt und um Verzeihung dafür gebeten, dass er ihnen im vergangenen Jahr durch seine

»Unart« viel Kummer bereitet habe. Dann ein paar Briefe an die Mutter während seiner Matrosenzeit und zwei aus Timmel, damit die Familie wusste, wie es ihm ergeht und dass er lernt. Dieser hier ist der letzte. Für ihn schließt sich alles damit, für die Eltern wird er eine Wunde bleiben.

Tjark denkt an seinen ältesten Bruder, Eilt Honken, der 1842 mit elf Jahren an einer Drüsenkrankheit gestorben war. Kurz nach seinem Tod hatten Honke Eilts und Trientje Evers einen weiteren Sohn gezeugt, der den Namen des Gestorbenen geerbt, ihn gleichsam ersetzt hatte. Und sicherlich übertrugen die Eltern, als schmalen Trost, zugleich Hoffnung und Erwartungen mit dem Namen: was dem ersten Eilt Honken nicht beschieden war, sollte dem zweiten gelingen. Er sollte anstelle des Verstorbenen leben und in seinem Sinne. Ihn, Tjark Ulrich Honken, den letztgeborenen Sohn, würden sie nicht ersetzen können. Der Vater war dreiundsechzig, die Mutter neunundfünfzig Jahre alt. Wo Tjark gewesen war, blieb alles offen – Erinnerungsbilder, lose Fäden, die keiner mehr verknüpfen könnte. Mit der Zeit würden sie ausfransen, brüchig werden wie alte Seide. Ein unwirklich scheinender Stoff, empfindlich gegen Berührung und zum Entsetzen transparent. Man würde sich hüten, daran zu rühren.

Obwohl nur räumlich und in Metern anzugeben, ist sein Abstand zur Familie unüberbrückbar geworden. Der Nebel, der ihm Baltrum verbirgt, führt das vor Augen, die Flut, die Minute um Minute mehr und tieferes Wasser zwischen ihn und die Insel treibt, macht die Trennung wahr, sein gerade geschriebener Brief erkennt sie an. Abstand, Abschied. Abschied, abscheiden. Sein Herz krampft sich zusammen. Er ist nicht bereit, spürt, immer noch, Auflehnung. Vielleicht dehnt ein Teil seines Hirns die durchgeprüften Möglichkeiten zu Rettungsphantasien, vielleicht stimulieren seine schicksalsbereiten Sätze den Organismus zur Widerlegung, vielleicht ist dies alles einem Traum zu ähnlich, zu weich und randlos für tödliche Härte. Noch nicht, Tjark. Noch nicht.

Als wollte er die endgültige Trennung hinauszögern, als hieße leben jetzt schreiben, setzt er erneut an. Um Trost und Gnade hat er den himmlischen Gott gebeten in seinem Abschiedsbrief, aber die Hoffnung, die im Glauben liegt, ist breiter; er hat sie noch nicht ausgeschöpft. Bei Luther heißt Gott auch der Barmherzige. Und der Gütige. Also schreibt er weiter, oben auf der nächsten Seite:

Der Gütige

Als aber die beiden Worte da stehen, stockt Tjark. Von Güte, einer sanften Hand des Himmlischen, die ihn hielte, spürt er nichts. So zart, mitfühlend fast der Nebel ihn jetzt auch umgibt: das hier ist unversöhnlich. Gottes ist das Himmelreich, nicht die Erde. Trost kann dieser Gott geben, indem er die Blicke zu sich in den Himmel hebt, gnädig sein, indem er den Toten die ererbte Sünde vergibt. Das Irdische mildern, die See zähmen, ihre Gesetze brechen, vermag er nicht. Tjark streicht die beiden Worte wieder. Der Gütige, das streicht er.

Im Übrigen hat er geschrieben, was zu schreiben war. Hat den Brief adressiert und mit seinem Namen als Absender versehen. T U H Evers. Tjark Ulrich Honken. Er starrt auf die drei großen Initialen, die am unteren Rand der vorigen Seite stehen, auf das T, über dem sich der Querstrich wölbt wie ein Klüver vor dem Mast, das U, offen wie der Frachtraum bei aufgeschobenen Luken, das H, als zeichne es den Achtersteven der »Frau Trientje« nach und das frei dahinter laufende Ruder mit Pinne und Kopf. Seit zwei Jahren fuhr der Vater eine Galiot, die er sich in Großefehn hatte bauen lassen. Anders als seine beiden ersten Schiffe war sie nicht nach der Ehefrau benannt, sondern nach der jüngsten Tochter Elise, Tjarks Lieblingsschwester. Dennoch hing Tjark an der alten Tjalk. Sie war etwas Besonderes gewesen, weil die meisten Baltrumer Schiffer die beweglicheren Kuffen oder Kufftjalken fuhren, und blieb für ihn der Inbegriff des Schiffes. Dem flachen Wattenmeer ebenso gewachsen wie der offenen See, ein einziger Mast mit Gaffel und

Giekbaum, das Deck ohne Sprung, in einer Flucht gebaut, kantige Kimm, die die Grenze zwischen See und Menschenwerk markierte, zwei tiefe Seitenschwerter, mit denen man das Fehlen des Kiels ausglich. Die neue Galiot war nicht sein Schiff. Die sollte Otto übernehmen, wenn der Vater nicht mehr wollte. Oder Eilt. Er würde –

Er? In der Reihe von Vater und Söhnen ist kein Ort mehr für ihn. Keine Folge, in der er stünde, keine Wahl, die er hätte, kein Rang, der ihm zukäme. Honke Eilts Evers, Schiffer. Otto Honken Evers, Schiffer. Eilt Honken Evers, Steuermann. Und Tjark Ulrich Honken Evers? Ein blinder Spiegel. Nicht mehr Matrose, noch nicht Steuermann, nie Schiffer. Kann nicht sagen, was er ist. Kann seine Position nicht bestimmen.

Ich stehe hier auf einer Plat und muss ertrinken. Als er ihn schrieb, hatte der Satz seine Wirklichkeit abgebildet. Ich, stehen, hier, Plat: jedes Wort bare Münze. Jetzt kommt der Satz ihm vor wie aus einem fremden Buch, beliebig fast, Zeichen, die flattern wie Wimpel im Wind, zu fassen müsste er sie kriegen, damit sie wieder gelten, aber sie entziehen sich, und nun verliert er auch den Halt diesseits der Worte. Der Seesack klemmt unter dem Arm, er spürt ihn nicht. Das Buch liegt aufgeschlagen auf dem Seesack. Er sieht das, spürt es nicht. Die rechte Hand liegt auf dem Buch, er spürt das Buch nicht und nicht die Hand. Der Bleistift steckt zwischen Daumen und Zeigefinger, er sieht ihn, spürt nichts.

Tjark schreckt hoch, wie aus einem Traum. Was ist das? Er schüttelt sich, zieht das linke Bein durchs Wasser.

das ihm schon an den Waden steht, dann das rechte. Holt mit dem linken Arm den Seesack fester an die Brust. Reibt mit den Fingerkuppen über das grobe, klamme Papier. Drückt Daumen und Zeigefinger auf die Rundung des Bleistifts. Das ist mein Seesack. Mein Buch, mein Bleistift. Das ist meins. Ich bin ich. Tjark Evers. Und er schreibt diese schlichte irdische Selbstbehauptung, die im Augenblick wahrer ist als irgendeine himmlische Hoffnung, direkt unter die vorhin durchgestrichenen Worte:

~~Der Gütige~~

Ich bin T Evers

von

Baltrum

IRGENDETWAS kommt zum Stehen durch diesen Satz. Ich bin T Evers von Baltrum. Das bleibt und bleibt.

Bleibt das? Er war Tjark Evers, wird es bald doch heißen. Sein Leben verschiebt sich in Vergangenheit. Vergangenes Leben, das bleibt es dann. Alles geht in die Richtung. Zuerst ist es Zukunft, was man erwartet, dann das, was man hat, am Ende das, was war. Alle Erwartung verbraucht, abgeblättert wie Farbe von altem Holz.

Er steht aber hier, auf der Plat. Und nicht allein. Auf einmal glaubt er, andere zu spüren. Dass er sich bei seinem Namen genannt hat, wirbelt weitere auf, Namen, die hierher gehören, neben seinen. Johann Eilers zum Beispiel. Auf Baltrum erzählten sie heute noch von ihm, obwohl der seit mehr als hundert Jahren tot sein musste. Ein Quertreiber, der alles nach dem eigenen Kopf haben wollte und irgendwann im Inselwatt verschwunden war. Eilers' Frau hatte sich geweigert, Nachforschungen anzustellen, was ihr keiner übelnahm. Oder Haye Steen, der sein Schiff an einem Sommerabend auf die Baltrumer Reede legte, von Bord stieg und nie zu Hause ankam.

Als hätte Tjark eine Karte des Wattenmeers im Kopf, deren weiße Flächen sich füllen, Name auf Name, überall steht einer, in jedem Priel, jeder Rinne, auf jeder Plat, Orte, besetzt von Wattopfern und nach ihnen benannt wie der McMurdo-Sund oder die Magellan-Straße

Johann-Eilers-Kante.

Haye-Steen-Tief.

Tjark-Evers-Plate.

Remmer-Schneider-Priel.

Schneider, den Langeooger, wird es irgendwann doch auch erwischen. Wenn der heute die Richtung gefunden hat im Nebel und über Flinthörn gut nach Hause gekommen ist, war das nur ein Aufschub. Erstmal steht dann eine Meldung in der Zeitung, im *Anzeiger für das Harlingerland* oder in den *Ostfriesischen Nachrichten,* Blätter, die Lehrer Funk sich hielt und aus denen er den angehenden Steuermännern ab und an vorlas, damit sie ihren Blick erweiterten, wie er sagte. Was um einen herum passiert, meine Herren. Was gleichzeitig ist. Wir sind ja nicht allein auf der Welt. Überall tun Menschen etwas, in diesem Augenblick, erleiden etwas, fangen etwas an, das auch uns berührt, unser Leben vielleicht sogar umstülpen wird. 1866, Männer, hatte er vor ein paar Tagen erklärt, während er einen Stapel Gazetten vor sich auf dem Pult ausbreitete, war kein schlechtes Jahr. Alfred Nobel erfindet das Dynamit, Siemens baut den ersten Dynamo. Richard Wagner komponiert die »Meistersinger«. Oper, meine Herren. Und Vererbung, schon mal gehört? Was Mann und Frau haben, mischt sich in den Kindern.

Behauptet Gregor Mendel, ein Mönch. Politik: Preußen besiegt Österreich in der Schlacht von Königgrätz, das wissen Sie. Der Deutsche Bund wird aufgelöst, der Norddeutsche Bund gegründet.

Tjark hatte aufmerksam zugehört. Dynamo, das interessierte ihn, was die Preußen taten auch. Jetzt ist das weit, weit weg. Aber Schneider. Den erwischt es bald. Der wird weiter auf Tagelohn an der Küste ausgehen, den Winter über, und irgendwann zu mutig werden. Tjark sieht die Meldung im *Anzeiger für das Harlingerland* schon vor sich: »Der auf der Insel Langeoog wohnhafte Matrose Remmer Hillrich Schneider ist aller Wahrscheinlichkeit nach zwischen Langeoog und dem Festlande ertrunken. Derselbe hat sich am 1. des Monats zu Fuß von Langeoog aus nach Carolinensiel begeben, um sich als Matrose zu vermiethen, welches Vorhaben indeß nicht zur Ausführung gelangt sein soll. Von Carolinensiel hat er sich nach Esens und von da nach Ostbense begeben, von wo aus er den 3. März, Nachmittags 5 Uhr, die Rückreise nach Langeoog zu Fuß durch's Watt angetreten hat. Auf Langeoog ist Schneider bis jetzt nicht angelangt und ist anzunehmen, daß derselbe zu spät die Rückreise angetreten und in Folge dessen durch die Fluth überrascht worden ist. Derselbe hinterläßt eine Frau mit 6 unmündigen Kindern.«

Und was ist mit der Norderneyer Truppe, die bei Eisgang zu Fuß Vorräte und Post von der Küste holte? Johann Altena hatte gestern Abend im Fährkrug erzählt, wie sie sich im letzten Winter durch die Eisschollen gekämpft hatten, halb erfroren und so durch den Wind, dass sie die Dalben in Hilgenriedersiel umarmten, als sie endlich da waren. Nächstes Jahr erwischt es einen von denen! Oder übernächstes. Wie im Triumph stößt Tjark die Faust in den Nebel und malt sich mit boshafter Lust die Todesmeldung aus: »Von acht Personen, die gestern die waghalsige Fußreise von Norderney durchs Watt nach dem Festlande unternommen haben, sind nur sieben auf Hilgenriede angekommen und auch diese in einem theilweise erstarrten Zustande. Der Bote J. Abena ist im Eise stecken geblieben und ist es seinen Reisegefährten nicht möglich gewesen, ihm zu helfen.«

Tot, tot. Alle tot. Ob bald, wie er, ob früher, wie Eilers, ob irgendwann später – hier, auf der Plat, zieht die Zeit sich zusammen, lässt Leben und Tode, die Kalender über Jahre verteilen, aneinander grenzen wie Zimmer. Er könnte noch mehr nennen, die Wattenmeer-Karte weiter beschriften – jeder, der dies Gebiet betritt, spielt mit dem Tod. Was ihm heute passiert, ist Regel, nicht Ausnahme. Stur wiederholt er diesen Gedanken, bereit, ihn grob und dogmatisch zu verteidigen, sollte einer Einspruch erheben, schiebt die linke Schulter vor und hält den Kopf tief. Wenn ihm jetzt einer quer käme, würde er zuschlagen. Wer ins Watt geht, kommt drin um, früher oder später! So ist das.

Die Flut läuft schon schneller, mit kürzeren Wellen, die sich an den Waden brechen. Es ist die dritte Stunde, in der mehr Wasser kommt als in den beiden zuvor.

Er watet ein paar Schritte gegen die Wellen, wieder zurück, stellt sich dann in die Richtung, in der Baltrum liegen muss. Könnte er durch den Nebel greifen, bis ins Westdorf, mit kilometerlangen Armen. Die kühlen und rauen Mauern spüren, das Holz der Tür, weiß lackiert, die ausgetretenen Dielen im Eingang. Tjark schließt die Augen, wittert etwas, ja, den Geruch frisch polierter Kupfertöpfe. Das Kaninchen, das abgezogen in der Küche liegt. Kerzen, die gerade gelöscht worden sind. Und durch das Rauschen der Flut meint er ein Geräusch zu hören, ein schwingendes Rascheln, hin und her. Er steht in der Stube, in der dunkel sich etwas bewegt. Das Festtagskleid der Mutter, oben eng geschnitten, streng auf die Taille zulaufend. Am Kragen ist der Stoff üppig gerafft und festgesteppt, ein Kranz von schwarzen Falten, der die Halskette ersetzt. Von den Hüften abwärts fällt das Kleid in weiten Bahnen, bodenlang, schleppt den Schritten der Mutter hinterher, fächert sich auf, schließt sich wieder in der Gegenbewegung, schleift gegen Stuhlbein und Kommode, wenn sie hierhin, dorthin eilt, die letzten Handgriffe tut, damit der Sonntag, der vierte Advent, beginnen kann.

Ihr Gesicht bleibt Tjark verborgen, so sehr er darauf wartet, es zu sehen. Wieder und wieder weicht sie aus, dreht sich, wendet sich ab. Tjark streckt den Arm nach ihr, meint, sie zu berühren.

Und wirklich bleibt sie stehen. Für einen Moment sieht er jetzt in ihre Augen, sieht einen erschreckten, wie irren Blick. Und wieder zuckt sie weg, fliehend, eine schwarze, flackernde Flamme. Durch die halb geöffnete Tür der Stube sieht er die Haustür, auch sie steht offen. Er erkennt die Umrisse zweier Männer, hört ihre gedämpften Stimmen. Der eine ist sein Vater, der andere muss Hinrich Küper sein, der Inselvogt. Etwas wechselt von Küpers Hand in die des Vaters, nicht größer als eine Zigarrenkiste.

Tjark schaudert, ratlose Zärtlichkeit überschwemmt ihn. Wie soll die Mutter ertragen, was sie schon ahnt? Dazu erzogen, Haltung zu bewahren, wird sie ihren Schmerz ersticken, die Schultern straffen und dies wehrlos machende Elend zwischen die hart ineinander gefalteten Hände pressen.

So darf das nicht sein. Die Mutter braucht ein Wort, ein, zwei Sätze nur für sich.

Liebe Mutter
Gott tröste dich
denn
dein Sohn T
Evers
ist nicht
mehr.
ich stehe hier und bitte
Gott um Vergebung
der Sünden. Seid
alle gegrüßt
T Evers

NOCH IST TJARK EVERS. Er ist hier auf der Plat, die das Wasser begräbt, Schicht um Schicht, unbeirrbar. Seltsam lautlos läuft die Flut jetzt, lautlos pumpt sein Herz, lautlos beben die Muskeln, lautlos ruft ein Schwarm Regenpfeifer über ihm. Stille, die wuchert, bis das Auge dem Ohr nicht mehr traut und sich von ihm löst, alleine prüft, ob irgendein Bild wieder Töne zeugt, Dinge wieder aus irgendeinem Laut werden. Auch der Nebel hat seine Gestalt verändert, die Schwaden hängen herab, dicht an dicht, wie nasses Leinen. Kulissen für wer weiß welches Spiel.

Da hört er etwas. Als schlügen schlaffe Segel an Masten. Das Wasser klingt, als teile es ein Rumpf. Die Nebelflächen geraten in Bewegung, als drücke etwas sich durchs Grau. Die Plat ankert vor einer Bühne, wie vor einer andern Welt. Der Vorhang öffnet sich.

Dreißig Meter vor ihm, eine Kuff, fährt ohne Wind, nur von der Flut getrieben, steuert hart am Rand des Sands vorbei. Am Besanmast steht einer, den Tjark nicht erkennt, aber den am Ruder sieht er deutlich: Claas Feddes Groenewold. Das ist die »Etha Johanna«. Und Groenewold fährt heute, am vierten Advent, durchs Seegat? Wohin denn? Woher kommt der? Das verstehe der Teufel. Aber da ist er.

Also doch! Tjark wird möwenleicht, Glückswellen überschwemmen ihn, eine Sturzsee, die ihm die Luft nimmt. Ha! In seinem Hirn sprudeln Sätze, was wird er erzählen, wo anfangen! Lachen, weinen, reden, wieder lachen, weiterreden, unter Tränen, wenn er im Arm der Mutter liegt. Er steht bewegungslos und tanzt doch, springt, dreht sich, schüttelt den Kopf, wieder, wieder, er wusste es, so konnte er nicht enden, dieser kleine Sprung vom Boot auf den Sand – Claas schaut schon in seine Richtung, gleich wird er das Ruder auflassen, an der Plat anlegen. »Groenewold!«, schreit Tjark. »Groenewold!« Winkt mit beiden Händen, in der einen noch das Buch, watet ihnen entgegen.

Der Nebel, wieder dicht geworden und formlos, öffnet sein Maul, schluckt das Vorschiff der »Etha«, dann den Großmast. »Hej!«, brüllt Tjark, rennt jetzt fast, stolpert, fällt, rappelt sich auf, dass das Wasser spritzt, reißt die Arme hoch – die beiden drehen sich weg, sehen, hören nichts. Das Deck wird Dunst, der Besanmast, und mit dem Achterschiff treibt auch Claas Groenewold ins feuchte Nichts.

Aus.

Kein Herzschlag mehr, sein Keuchen spürt Tjark wie das eines Fremden. Ein Flüstern, von nirgendwo: Groenewold. Groenewold.

Wieder ein Geräusch. Als schlügen schlaffe Segel an Masten. Das Wasser klingt, als teile es ein Rumpf. Der Nebel wird Raum, als gebe er Körpern Konturen. Ein zweites Mal tut der Vorhang sich auf.

Dies Schiff ist noch näher als das erste. Hätte Tjark festen Stand, er könnte den Seesack an Bord schleudern. »Helene«, die kleine Kufftjalk von Peter Reemts Albers. Tjark winkt wieder, diesmal ohne zu rufen, Albers hebt den Arm auch, aber das Zeichen gilt nicht ihm, der Alte sieht in die andere Richtung, und Onno Frerichs, sein Matrose, macht sich an der Fock zu schaffen. Wenig später ist Frerichs ausradiert, die Planken werden Wasser, Albers verdampft im Grau.

Ein Umriss bleibt von der »Helene«, zittert Tjark vor Augen und zerfällt erst mit dem nächsten Laut. Schlaffe Segel schlagen an Masten. Ein Rumpf teilt das Wasser, etwas drückt sich durchs Grau. Die »Twee Gebroeders«, am Ruder Ulrich Janssen Ulrichs, die grobe Mütze weit über die Ohren gezogen, beide Hände an der Pinne, als müsse er gegen die Strömung halten. Löst sich auf mit seiner Kuff wie die beiden Schiffer zuvor.

Die »Trientia« folgt, Albert Janssen Feddes' neue Galiot, das mit Abstand größte Baltrumer Schiff. Vier Mann an Bord. Drei sind mit dem Tauwerk beschäftigt, Feddes, die Pfeife im Mund, kratzt sich an der Stirn, Tjark sieht alles wie durch beschlagenes Glas. Schließlich die »Catharina«, die Kuff seines Schwagers Tjark Reemts Ulrichs, getauft auf den Namen der ältesten Schwester. Tjark hebt nur kurz den Kopf, murmelt vor sich hin. Der sucht nach mir, sagt er sich. Der doch. Hält den Gedanken fest, bis der Nebel ihn durchstreicht.

Sie sind nicht da. Keiner von ihnen. Hier ist niemand. Ein Totentanz war das, vielleicht umrunden die Schiffe die Plat, geisterhaft, als Leichenzug, vielleicht beginnt es gleich von vorn, zuerst die »Etha Johanna«, dann die »Helene«, die »Twee Gebroeders«, die »Trientia«, die »Catharina«. Das sind Schiffe, massives Holz, mit Reichstalern bezahlt, versichert, getakelt, belegt, und ihm kommen sie hier als Schatten.

Er ist schon drüben, heißt das wohl. Gewesener Matrose in einer Zwischenwelt. Und doch noch Körper.

Tjark watet zurück, nass bis zum Gürtel, steigt den Sand hinauf, aber auch an der höchsten Stelle steht das Wasser jetzt einen halben Meter hoch. Ihm ist kälter als zuvor, dennoch nicht kalt genug. Er langt in die Flut mit einer Hand, schöpft sich das eisige Wasser ins Gesicht, lässt es in den Nacken laufen, den Rücken entlang, nimmt ein paar Schlucke aus der hohlen Hand.

Ertrinken ist Atemlosigkeit. Du bekommst keine Luft, da ist nur Wasser, irgendwann hast du jedes Bläschen in deiner Lunge verbraucht, du musst Luft holen, da ist nur Wasser. Wieso verträgst du das nicht, warum willst du denn Luft atmen, jeder Fisch atmet Wasser, Scholle, Scharbe, Kabeljau, Hering, alle hast du in dir, Mensch, Kerl, wieviel Fisch hast du gegessen in deinen einundzwanzig Jahren! Erinnere dich an die Schollen, die zum

Trocknen auf der Leine hingen wie Wäsche, ein paar Tage im Wind, dann abgenommen, in eine Tonne geschichtet, jede Lage mit Stroh abgedeckt, graugrün waren die unteren nachher, gebraten habt ihr sie im Winter trotzdem, luftgetrocknete Scholle morgens mittags abends, auch zum Tee: wenn einer kam, lag ein Streifen Scholle neben der Tasse, kein Zuckerbrot.

Ertrinken oder alt werden. Das ist die Frage. Was willst du grübeln, warum, weshalb abwägen, zagen, dich wappnen gegen eine Flut von Plagen, was soll das heißen, und ob dann Träume kommen, ob früher oder erst viel später, und wie sie sind, Heimatbilder oder solche fremder Küsten, ob sie dich wiegen oder schrecken, du wirst schon sehen. Fünfzig Lebensjahre mehr ändern das nicht, fünfzig weniger färben den Himmel nicht um, der Unterschied rinnt dir durch die Finger, dein Kurs ist gesetzt, so oder so. Nur wer zurückbleibt, fühlt die Leere. Für Mutter, Vater, Brüder, Schwestern wird alles anders. Wenn du sie fragst, sollst du alt werden. Aber du wirst nicht alt. Nebel, Flut und dein Vorgefühl von Sieg haben anders entschieden. Du wirst ertrinken.

Ertrinken wird er, sich ersäufen lassen wie eine Katze, das wird er nicht. Er macht der Sache selbst ein Ende. Vielleicht war das die Botschaft, die der Reigen der Schiffe zu überbringen hatte: dass er ihnen folgen soll. Gut, er hat verstanden. Das heißt zwar, zur ererbten Sünde eine eigene fügen, eine Tat, die an ihm haften, ihn in den Augen mancher beflecken wird, aber das nimmt er in Kauf. Er muss es tun, die Gnade des Himmlischen muss das decken, die Eltern, Brüder und Schwestern müssen verstehen. Tjark schlägt die nächste Seite im Taschenbuch auf, knetet die vor kalter Nässe weißen Finger und reibt den Bleistift am Kragen trocken.

Ich habe das Wasser
jetzt ans Knie ich will
mich gleich ertränken
denn Hülfe ist nicht
mehr da. Gott sei
mir Sünder Gnädig.
T Evers
bitte zu
besorgen an
H E Evers
Insel
Baltrum

UNBEWEGT STEHT ER da, starrt ins dichte Grau, beschwörend, als könne er aufs Neue heranholen, was irgendwo dort sein muss, die Insel, die Dünen, will die vertrauten Häuser um sich herum haben, wie einer seine Familie um sich herum hat, Kinder, Enkel, Urenkel, wenn er sich hinlegt, weil es genug ist.

Einen Schritt noch. Gleich. Einen Schritt, den er im Kopf schon vorwegnimmt. Er beugt sich vornüber, öffnet den Mund, den im selben Augenblick das Wasser füllt. Alles wird Wasser. Tjark liegt darin, schwerelos ausgestreckt, mit dem Gesicht nach unten, der Körper Teil eines anderen Mediums, einer andern Welt, die seine weit geöffneten Augen zu bestaunen scheinen. Über ihm, verklärt durch die Linse der schweren See, treibt der Nebelhimmel. Seine Lippen bewegen sich noch; wie Worte einer uralten Sprache quellen drei Bläschen zwischen den Zähnen hervor und perlen an die Oberfläche. Dann schließt sich der Mund. Auch die Augen bestaunen nichts mehr. Sie spiegeln, was sie umgibt, die Pupillen klären sich, Unterwasserfarbe tränkt die Iris.

Gleich. Erst muss er das Buch schließen, die Zigarrenkiste aus dem Seesack nehmen, das Buch in die Kiste legen und den Deckel zuschnüren mit seinem Halstuch.

Die Strömung wird ihre Wege trennen, den seines Körpers und den der Zigarrenkiste. Gemeinsam kommen sie nicht an. Die Kiste, stellt er sich vor, könnte im Südwesten Baltrums angespült werden. Oder sie wird tiefer ins Wattenmeer geschwemmt und die Ebbe zieht sie dann durch die Wichter Ee, das Gat zwischen Baltrum und Norderney. Mit der nächsten Flut treibt sie an der Seeseite Baltrums vorbei, Richtung Langeoog. Vielleicht legen die Wellen sie dort auf den Strand, vielleicht nehmen sie die Kiste wieder mit, weiter nach Spiekeroog, wo sie von Riff zu Riff treibt, vielleicht zieht die Strömung sie durch die Otzumer Balje ins Spiekerooger Watt und wieder hinaus, nach Wangerooge, wo sie im Westen liegenbleibt, bis einer sie entdeckt, ein Junge vielleicht, der auf dem Rückweg von der Schule einen Schlenker ans Wasser macht, oder ein Matrose, den die Winterzeit an Land unruhig werden lässt, weshalb er auf Strandgut ausgeht.

Ein Halstuch, eine Kiste, ein Taschenbuch. Das können sie anfassen. Ihn wird niemand mehr berühren. Er wird zu der Geschichte, die diese drei Dinge begleiten, geht auf in dem, was er geschrieben hat, den sechs Seiten im Taschenbuch. Nein. Nein, mehr. Geht auf in dem, was die Eltern, Brüder, die Schwestern erzählen werden. Das bleibt doch von jedem Menschen: was man von ihm erzählt. Das trennt sich ab: der tote Körper, irgendwo, auf einem Friedhof, auf dem Grund der See, und die Geschichte, die am Leben bleibt, über Generationen erzählt und wiedererzählt.

Er ist viele Geschichten. Schon sein Name bürgt dafür. Der Vatername, Honken, davor der des Großvaters auf der mütterlichen Seite, Tjark. Ihm hatten sie noch einen dritten Vornamen gegeben, Ulrich, nach dem Urgroßvater auf Mutters Seite. Tjark Ulrich Honken. Wie du heißt, sagt, zu wem du gehörst. Er ist Honke Eilts Evers, Schiffer, geboren am 22. Mai 1803 auf Baltrum. Er ist Ulrich Reemts, Steuermann, Kirchenvorsteher, 1755 auf Baltrum geboren und 1806 in der Jade ertrunken. Er ist Tjark Ulrichs, der große alte Mann, der Baltrum als Inselvogt auf Kurs gehalten hat, fünfzig Jahre lang, unter den Preußen, den Holländern, den Franzosen, den Hannoveranern.

Und plötzlich ist der da. Tjark sieht nichts, aber irgendwo rechts über der Schulter fühlt er diesen Blick, der jeden hält, den er fasst. Hält und prüft und erst wieder auslässt, wenn die Sache stimmt. Der Blick geht auf das Buch, scheint ihm, zwischen dessen Seiten noch immer seine Finger liegen. Tjark schlägt es auf, liest vor, was er geschrieben hat, laut genug, der Großvater ist harthörig geworden mit den Jahren:

Ich habe das Wasser jetzt ans Knie, ich will mich gleich ertränken.

Was?

Ich will mich gleich ertränken, denn Hilfe ist nicht mehr da.

So?

Tjark hat das Gefühl, im Genick gepackt zu werden von einer sehnigen, blonden Faust. Er duckt sich, blättert im Buch, zeigt dem Alten den Brief an die Mutter, seine Tochter Trientje. Der nimmt das Taschenbuch zwischen die Finger, hält die Seiten erst von sich weg, holt sie dann näher und näher an die nebelhellen Augen. Lesen ist nicht seine Stärke, schreiben auch nicht, vielleicht erkennt er gar nichts, vielleicht sind das für ihn keine Bleistiftsätze, sondern Schleifspuren im Sand, von den Kisten, die sie unter der holländischen Besatzung nachts in die Dünen geschleppt hatten. Schmuggelware, zollfrei auf Helgoland besorgt und bestimmt für den Verkauf an der Küste, von Schiff zu Schiff in einem der Sielhäfen. Der Großvater sprach nie davon, aber manch anderer, der auch dabei gewesen war, Jürgen Albers zum Beispiel, breitete sich bei einer Pfeife und einem Gläschen Aquavit darüber aus. Geschichten waren das, durch die Stürme fegten und Wagemut und in denen, rund um die Klippen der roten Insel, der Name Napoleon fiel, immer wieder. Der hatte dem Ganzen ein Ende gemacht, die Holländer abgezogen und Franzosen auf der Insel stationiert. Napoleon. Albers spuckte jedesmal neben sich, wenn er den Namen aussprach. Den Großvater hatten die Franzosen zum Bürgermeister ernannt. Maire Tjark Ulrichs. Zwischen den Baltrumern, die er ruhig zu halten, und den Besatzern, die er zu unterstützen hatte. Auf sich allein gestellt. Hilfe war nicht da.

Jetzt ist er neben Tjark, im Nebel, aus der Flut gewachsen, hat immer noch das Taschenbuch dicht vor den Augen, bewegt tonlos die Lippen, wiederholt diesen Satz, kaut und schmeckt und wendet die Worte. Ich will mich gleich ertränken. So, so.

Die Franzosen. Vierundsechzig Mann, Infanteristen und Kanoniere, die im Frühjahr 1810 auf die Insel gekommen waren, wie die Fliegen, sagte Albers, und südlich des Mitteldorfs eine Schanze gebaut hatten, von der aus sie das Wattenmeer kontrollieren wollten. Ein eigener, abgesteckter Bezirk, in dem sie wohnten, ihre Sprache sprachen, nach ihren Regeln lebten, eine Insel auf der Insel, nur dass die französische im Sand lag, vor einer hohen Düne, die auf Baltrum noch immer »Batteriedüne« hieß. In Tjarks Kindheit war von dem Bau nicht mehr viel übrig gewesen. Kein Insulaner sah es gern, wenn Kinder dort spielten; Tjark und seine Kameraden mieden den Ort auch von selbst. Er war unheimlich, als sei da etwas aufbewahrt, das nur darauf wartete, die Insel wieder zu packen.

Einmal aber war der Großvater mit ihm dorthin gegangen. An den eiskalten Tag erinnert er sich gut. Der Alte hatte ihn abgeholt, zwei, drei Worte mit der Mutter gewechselt, die bloß nickte, dann waren sie losgegangen, durch den verfallenen Haupteingang der Schanze, an den Resten des wuchtigen, für eine Garnison berechneten Blockhauses vorbei, und waren auf den Wall an der

Wattseite gestiegen, wo die Kanonen gestanden hatten. Kein Wort hatten sie geredet, keinen Blick getauscht, nur Tjarks Hand lag die ganze Zeit in der des Alten, auf der wulstigen, harten Narbe, die vom Mittelfinger bis zum Gelenk reichte. Und darunter hatte Tjark die Lunte gefühlt, die zischende Flamme, die über den Sand ins Pulvermagazin lief, das gesprengt werden sollte, als die Franzosen abzogen. Nichts als einen Krater aus Sand wollten sie den Preußen lassen, zerfetztes Holz, zerrissene Palisaden, und dass die Druckwelle Haus um Haus im Mitteldorf zertrümmert hätte, scherte sie nicht. Der Großvater war der Einzige auf der Insel, der von dem Plan wusste, und er hatte gehandelt, kurz und entschlossen die Lunte ausgedrückt, mit der bloßen Hand.

Auch darüber sprach der Alte nie, aber die »Preußische Ehrenmedaille mit der Adresse von Höchsteigener Hand Seiner Majestät des Königs« hing an der Wand neben dem Kamin, und die Mutter hatte ihm die Geschichte dazu erzählt, mit wenigen Worten, die Tjark ausschmücken konnte, wie er wollte. Er hatte sich die Franzosen vorgestellt, die zu ihren Schiffen gehastet waren, abgelegt und auf die Explosion in ihrem Rücken gewartet hatten. Nichts. Stille wie nach einer verlorenen Schlacht. Man sammelt sich, zählt noch die Toten, sucht die Richtung im Pulverdampf, der über dem Feld liegt wie Nebel. Diese hier aber, die wie geprügelte Hunde Richtung Küste segelten, verdammt und verflucht von denen, die sie hinter sich ließen, hatten nicht einmal gekämpft. Maire Tjark Ulrichs hatte gewonnen. Gegen Napoleon.

Tjark war wie berauscht gewesen, als er neben dem Alten auf dem Wall stand und über das Wattenmeer schaute, auf dem sich Eisschollen stauten. Berauscht, weil das sein Großvater war, der rechtmäßige Herr der Schanze, der Insel, der Mann, dessen Namen er trug.

Tjark Ulrichs ist tot. Tjark Ulrich Honken Evers will sich ertränken. Gleich. Wenn der Tote ihn lässt. Dieser Tote, der als Lebender so viel Raum um sich besetzte, mehr, als jeder andere, den Tjark kannte. Wer sonst durfte das größte Haus auf der Insel haben. In der Mitte der Insel gelegen und ihre Mitte in jeder Hinsicht. Immer war irgendjemand da, den er hatte rufen lassen oder der etwas von ihm wollte. Die trockenen Pausen, bevor er anfing zu reden. Solche Pausen machen Könige, hatte Tjark oft gedacht. So viel geht in ihnen vor, so viel ist aufgespeichert, dass sie lange brauchen, um zu demjenigen zu kommen, der gerade vor ihnen steht. Als müssten sie die Treppe eines hohen Turms hinuntersteigen.

Oder die Stufen einer Gruft hinauf. Wie viele Tote hatte der Großvater mit sich getragen. Andere hatte er gerettet, die eigenen nicht retten können. Weggestorben waren sie ihm unter den Händen. Acht Kinder gehabt, fünf sterben im Winter 1839, dazu noch zwei Enkel. Masern, man durfte das Wort in seiner Gegenwart nicht aussprechen. Auch keines, das ähnlich klang, Mast, Maß, Maske, Masse, stattdessen Baum, Scheffel, Larve, Menge, manches Mal hatte die Mutter dem Vater ein Ersatzwort hingeflüstert, wenn ihm schon eines mit Ma- auf der Zunge lag. Vier tote Kinder in zwei Wochen, Oltje, Reemt, Tina, Antje, vier Särge in der Kammer, übereinander gestapelt, dann noch Antjchen, Antjes kleine Tochter, für die man den Sarg der Mutter wieder öffnete, um sie ihr in den Arm zu legen. Ein halbes Jahr später Hiemke und ihr gerade geborener Sohn Melcher. Wie die Flut war das Fieber gestiegen, unaufhaltsam, aus eigenem Gesetz, man konnte nur warten. Die ohnmächtige Wut steckte dem Alten zwanzig Jahre später noch in den Knochen, ballte sich in ihm wie eine Riesenfaust, die den Gott, von dem Pastoren sprachen, in den Himmel schlug und die Erde leer ließ. Leer, kalt, hart. Hilf dir selbst, sieh zu, Hoffnungen spar dir auf, bis es ans Sterben geht.

TJARK SIEHT DEN ALTEN jetzt ganz, schemenhafte Gestalt, neben ihm aufgerichtet. Die Flut formt diesen Körper, läuft durch ihn durch, von oben nach unten, erschafft ihn als flüssige Masse aus einem Tohuwabohu wilder Ströme. Wo die gewaltigen Wellen sich brechen wie über Riffen des ersten Tags zeigen sich nach und nach die vertrauten Züge, kurze, drahtige Haare, dichte Brauen, die Kanten des Kinns, der starke Hals, breite, knochige Schultern. Ein Seemensch, und die Flut, die ihn bildet, ist nicht die von heute, sondern eine ältere: die Februarflut von 1825.

Das Wasser war nachts gekommen damals, schwarz und beweglich wie eine Legion Teufel, die zuerst von der Wattseite angriff und das Mitteldorf wegriss, dann von überall her kam, durch das Timmermannsgat ritt, Dünenzüge wegbrach und das Ostdorf vom Rest der Insel trennte. Vier von vierzehn Häusern waren im Mitteldorf bewohnbar geblieben, in denen die obdachlos Gewordenen Schutz suchten, während die See ihre Habe fraß, Möbel, Geschirr, Wäsche, Vorräte, Schafe, restlos.

Auch der Großvater hatte in dieser einen Nacht alles verloren. Aber schon am nächsten Morgen war er wieder draußen gewesen, hatte sich ins Ostdorf durchgekämpft, wo viele Familien in Unterständen ausharrten, die in die Dünen gegraben und mit Trümmerholz abgestützt waren, hatte jeden Mann, jede Frau auf der Insel befragt, jeden Schaden aufgenommen und abends im Haus von Albert Borchers seinen Bericht an das Amt Berum aufgesetzt. Dass die Insulaner Hilfe vom Festland bekamen und wenige Wochen später bereits die ersten Häuser wiederaufgebaut werden konnten, war diesem Bericht zu verdanken. Gewonnen hatte Tjark Ulrichs gegen die Februarflut nicht, getrotzt aber hatte er auch ihr, dieser verkehrten Sintflut, die alle Tiere ertränkte und die Menschen am Leben ließ.

Nur die Toten nahm die See sich in jenem Winter, zerwühlte den Friedhof, grub alle Särge aus und schwemmte sie weg, als hätten die Leichen am falschen Ort gelegen und fänden nun erst ihre Bestimmung. Noch Jahre später trieben im Osten der Insel Gebeine an. War das Spiel? Wut? Oder einfach ein Zeichen dafür, dass dieser uralten Macht Menschliches gleichgültig blieb?

Der Großvater hatte keine Erklärung versucht. »Alle Toten aus dem Grund gespült«, das war sein Satz dazu. Eine trockene Feststellung, sonst nichts. Tjark stellt doch auch bloß fest: er hat das Wasser ans Knie, sogar schon darüber, und Hilfe ist nicht da. Er stellt fest und will tun, was daraus folgt. Warum sollte er denn nicht? Seine Frage bleibt im Nebel hängen, der Alte ist nicht mehr zu sehen, nicht mehr zu spüren. Die Flut ist wieder die von heute, ohne Erinnerung an ihre größeren Zeiten, ohne den Zug ins Dämonische, trotzdem unbeirrbar, zerrt an ihm, will ihn endlich haben.

Tjark schaudert, als hocke er, keinen trockenen Faden mehr am Leib, in einem der Unterstände hinter dem Ostdorf, neben sich die Mutter, von der man kein Wort der Klage hört, die Brüder, die stumm ihre Fäuste kneten, und die Schwestern, deren schmale blaue Lippen ihm gefallen.

Alle Toten aus dem Grund gespült. Die Pastorenwohnung, in der damals die Gottesdienste stattfanden, war aber stehengeblieben, fast unbeschädigt. Und ein Jahr nach der Flut hatte man die neue Inselkirche gebaut. Tjark fingert nach seiner Taschenuhr, lässt den Deckel springen. Neun Uhr. Die Stunde, die er vom Osterhook bis ins Westdorf gebraucht hätte, ist verstrichen. Er kommt zu spät. Er kommt nicht mehr.

es ist 9 Uhr. ihr geht
gleich zur Kirche. betet
nur für mich Armen.
daß Gott mir Gnädig
sei
T Evers.

Tjark schließt das Buch, klemmt es unter den linken Arm, nimmt den Bleistift zwischen die Zähne, holt mit der rechten Hand die Zigarrenkiste aus dem Seesack, den er dann treiben lässt, schüttet die Zigarren ins Wasser, legt das Buch in die Kiste. Nach kurzem Zögern legt er auch den Bleistift dazu. Tjark zieht das Halstuch ab, das er mit Fingern und Zähnen fest um die Kiste schnürt. Es ist soweit.

Er setzt die Kiste aufs Wasser, sanft, als bade er ein Kind, und übergibt sie der Flut. Sie schaukelt, treibt davon, der Nebel nimmt sie auf.

Jetzt hat das Buch sein eigenes Schicksal und wer weiß welchen Weg vor sich. Einen Weg, den es stumm zurücklegen wird, vertäut in der Kiste wie Fracht im Laderaum, zum Schweigen gebracht, bis irgendwann der Hafen kommt und einer die Luke öffnet. Dabei wollen die Sätze doch heraus, wollen gelesen werden, jetzt, in dieser Minute. Betet nur für mich Armen: den Satz hat er geschrieben, als könne der die Familie erreichen wie ein Zuruf. Was im Buch steht, sind Zeichen, Bleistiftzüge auf Papier, aber eigentlich ist es seine Stimme. Er, Tjark Ulrich Honken Evers, redet in der Kiste, sie ist voll seiner Töne, die sich überlagern, laut und lauter werden, an die Kistenwände pochen, als schlage ein Herz darin.

Betet nur für mich Armen. Sie werden beten, sie werden ihn, den Sohn, Bruder, Schwager einschließen in ihre Gebete, aber als Lebendigen, nicht als Toten. Für sie lebt er, auch wenn sein Platz leer bleibt in der Kirche.

Tjark sieht die engen Bankreihen vor sich, sieben auf jeder Seite, in der zweiten Reihe rechts sitzt der Vater, neben ihm Otto und Eilt. Neben Eilt – neben Eilt sieht er die Zigarrenkiste, sie ersetzt ihn schon.

Das Halstuch fehlt. Dann hat die Kiste nicht dicht gehalten, denkt er. Auf dem Holz glänzen Tropfen, unter dem Deckel quillt ein Rinnsal hervor, also ist die Flut darin, nicht das Buch, er hat ihnen die See geschickt, und schon sieht er den ersten Schwall herauskommen, ein zweiter, dritter folgt, jeder mächtiger als der vorherige, als erbreche die Kiste die Fluten von Jahren und Jahrzehnten, alle Fluten aller Zeiten. Schon haben Vater und Brüder das Wasser ans Knie, aber sie regen sich nicht, keiner regt sich, sitzen da, als müsse das so sein, die Hände gefaltet, die Blicke gehen nach vorn, wo kein Pastor steht, kein Altar, da ist Sand, eine Plat, jetzt kommt das Wasser von überall her, diese Mengen hält die Kirche nicht, Wände bersten, das Dach stürzt ein, Mauertrümmer, Holz, Leiber verkeilen sich, Tjark sieht ein Ruderboot, von wo kommt das, ein schwarzes Kleid, das Lehrbuch der Navigation, eine große Uhr ertrinkt, Zeitungen flattern wie Möwen, zwischen zerrissenen Planken zischt eine Lunte, Hände greifen ins Leere. Welle um Welle läuft auf, schiebt alles seewärts.

Dann ist es vorbei. Eine silbern schimmernde Fläche Wasser liegt über der Stelle, an der die Kirche stand, ein ruhiger Spiegel, in dem der Himmel sich zeigt, als sei die Grenze aufgehoben.

DIESER SCHMERZ der plötzlichen Leere. Nichts mehr vor, nichts hinter ihm. Allein, endgültig. Tjark erfriert, aber der Frost kommt nicht von außen, den legt ihm nicht das Wasser auf die Haut. Der ist kälter als die Flut.

Du bist der letzte Mensch, erwartest kein Deinesgleichen mehr. Und dahinter eine Sehnsucht, die gegenstandslos ist, weder Ort noch Namen zu nennen weiß. Die fühlt er nicht im Herzen, sondern merkwürdig trocken am Gaumen. Heimwehdurst.

Durst, das auch noch. Mitten im Wasser, in der Flut, die ihn wegwaschen wird innerhalb von Minuten, damit das Nichts vollkommen werde. Ungestört, geordnet. Tjark schluckt, schluckt am Durst, schluckt an der Wehmut.

Wo steht er noch? Hier ist kein Standort mehr. Alles ins Fließen geraten, es treibt ihn vor und zurück mit jeder Welle, jede ist darauf aus, ihn von den Füßen zu holen und fortzuziehen. Mühsam, fast wider Willen, schaut er an sich herab. Die Knie sind nur noch zu sehen, wenn er das Bein hebt, was Anstrengung kostet. Nassgeküsst die

Oberschenkel, und selbst der Saum der schweren Joppe triefend vor Nässe.

So schnell geht das. Ein Federstrich des Schicksals, und dein Leben ist abgezeichnet. Beschlossen und gesiegelt. Schon bist du draußen, geisterst noch herum, bis die nächste Akte aufgeschlagen wird, in der du nicht mehr vorkommst. Vielleicht kommt er schon nicht mehr vor. Vielleicht träumt ihn schon einer. Vielleicht so, wie er früher die Katzen geträumt hat: als gespenstische Zwischenwesen, nirgendwo zugehörig, aus dem Leben gefallen. Katzen, die mit ihren Dreiecksgesichtern, dem stumpfen, zu Schuppen verklebten Fell und den zwei narbig umzackten Löchern, die ihnen statt der Ohren geblieben waren, Schlangen glichen und in seine Nächte glitten. Er lief weg vor ihnen, von Zimmer zu Zimmer, vergebens, schon hinter der nächsten Tür hockte wieder eine, folgte seinen Schritten, und wenn er aus dem Haus rannte, waren auch draußen welche, duckten sich in den Schutz der Wände, so hartnäckig und schweigend, dass er aufgab und stehenblieb, sich umwandte und erschrak, weil es so viele waren. Sie lagerten zu seinen Füßen, in immer größeren Kreisen, pelzige Ringe bis an den Horizont, klagten an mit schmalen Blicken aus schmalen Augen, klagten ihn an.

Eine alte Geschichte, die Großmutter ihm als Kind erzählt hatte und die seine Phantasie nicht wieder losgeworden war. Sie begann mit Fürst Edzard, der die Kaninchenjagd auf den Inseln unter Androhung von Strafe verbieten ließ. Hunde durfte danach niemand mehr halten und Katzen nur, wer ihnen »gleich am Kopfe« die Ohren abschnitt. Erst setzte einer die Feder aufs Papier, dann ein anderer das Messer ins Fleisch. So verstümmelt, blieben die Katzen ans Haus gebunden. Zog sie doch etwas nach draußen, der lockende Duft einer Fährte, das Aufblitzen von Fell auf einer Wiese oder in den Dünen, bliesen Wind und Wetter ihnen schmerzhaft, sinnesverwirrend ins Hirn und trieben sie in kürzester Zeit zurück. Die amtliche Ordnung hatte die natürliche gestört, die Katzen aber dachten nur ans Messer, Fürst Edzard kannten sie nicht. Tjark besaß auch ein Messer, mit kleiner Klinge und Eichenholzgriff, darum hielten sie sich an ihn, nachts, wenn er wehrlos war. Wie er sich gefürchtet, geekelt hatte, ihr Fell zu streifen. Noch im Aufwachen waren seine Hände oft zu Fäusten geballt.

Tjark schließt die Augen, wogt hin und her mit den kürzer werdenden Wellen. Was würde er dafür geben, seine Finger in weichen, warmen Katzenpelz zu graben, einverstandenes Schnurren zu spüren, einen Herzschlag zu fühlen unter der Hand, den Frost in ihm für einen Moment vergessen zu können. Verstümmelt ist er ja auch und gebannt auf engsten Raum. Er will das Fell fühlen, jetzt, streckt den Arm aus, kann es nicht. Wie befiehlt man seiner Hand? Sie ist starr, gefühllos, seit er die Zigarrenkiste auf die grauen Fliesen der See gelegt hat.

Die Flut baut sich um ihn auf wie eine Mauer. Groß und schweigend und alle Wehmut besänftigend. Tjark lässt den Arm fallen, streichelt den Schaum der nächsten Welle. Die Kälte des Wassers spürt er nicht mehr, nur ein Gleiten und etwas wie glattes Glas an seiner Haut. Kalt ist es überall, kalt ist er selbst. Kalt ist es auch unter der Haut geworden. Zusammengezogen in letztem Protest die Adern, die Muskeln. Herz und Lunge geschrumpft und weggekrümmt von dem Kampf, der sie erwartet. Der Puls ein müdes Morsezeichen. Ein Organismus in Notwehr. Wärme zu erzeugen, vermag er nicht mehr, Wunsch nach Sommer, so fehl am Platz.

Jenseits der Flutmauer steigt schwarzschimmernd etwas auf, weiß gekrönt. Als Tjark wieder nach Luft ringen kann, verebbt die aus dem Nichts gewachsene Welle schon hinter ihm in zitternden Schlingen.

Getauft, denkt er. Getauft im Namen der Flut. Ganze einundzwanzig Jahre und zwei Tage ist es her, dass sie ihn irgendwo dort, wo er seine Insel ahnt, zur Kirche getragen haben. »Den 9ten December des Morgens um 2 Uhr, wurde dem hiesigen Schiffer Honke Eilt Evers, von seiner Ehefrau Trientje Ulrichs ein Sohn geboren, welcher am 21ten December, in hiesiger Kirche getauft und Tjark Ulrich Honken genannt worden ist.« Und wie es fließt und flutet, auch hier: in dünnem Strahl aus dem Zinnkännchen, das der Pastor im Weihwasserbecken gefüllt hat, im warmen, zärtlichen Schwall aus den Brüsten der Mutter, als das Wimmern des Säuglings die Milch einschießen lässt, in roten Schleifen durch die unter strengen Festtagskleidern versammelten Körper, in verschämt mit dem Handrücken weggestrichenen Tränen, die die Großmutter nicht zurückhalten kann, als sie den Enkel in die Arme nimmt.

Wie viele Kinder, Enkel hast du in den Armen gehalten, Großmutter Hiemke? Wie viele überlebt? Tjark kann sich nicht erinnern und will es nicht. Niemand überlebt irgendwen. Was Lebende und Tote unterscheidet, ist nur eine Frage von Zeit, und die verrinnt, verläuft im ewigen Kreis. So schreibt es die Flut auf den Sand, immer und immer wieder, mit feuchtem Finger. Verschlossene Zeichen, vom Wind zu Wörtern geweht, denen der Austernfischer hier ein zartes Komma hinzufügt, da einen Punkt. Die einfache Erklärung der Welt, lesbar, bis die Wasser wieder steigen.

Aus dem Nebel taucht ein neues Bild: sein offenes Grab auf dem Inselfriedhof, der Pastor, alle Baltrumer, in der ersten Reihe die Eltern, die Brüder und Elise, die als einzige den Kopf hebt. »Aus der Erde sind wir genommen«, murmelt Pastor Kittel, »zur Erde sollen wir wieder werden«, und hat Erde in der Hand, dunkle, schwere Krumen. Tjark will das nicht, der soll das lassen, nicht zur Erde, nicht aus Erde, das ist der falsche Segen. Aus dem Feuchten ist doch alles genommen, aus der Flut. Aus dem Feuchten von Mann und Frau. Vom feuchten Samen gezeugt, im Feuchten der Mutter gewachsen und feucht und immer nur feucht und schleimig in die Welt gestoßen. Das Küken aus dem Ei, die Muschel in ihrer Schale, das Menschenjunge – alle. Was so entsteht, darf unter Erde nicht enden.

Der Pastor erstarrt und wird Nebel, die Eltern, Brüder, auch Elise. Das Grab schließen die Wellen. Was aus Feuchtem genommen ist, soll zum Feuchten wieder werden. Heißt das sterben? Leben? Wo wäre der Unterschied? Er bleibt doch in dem, woraus er ist. See und Sand sind nicht feindlich, der Mond, dieser pünktliche Magnet, ist kein Mörder. Kein Ende, kein Anfang. Nur ewiger Kreis. Kältekreis. Weißer Kristall. Tjark haucht Eisblumen, zurück kommt ein flimmerndes Wort, wie aus den Wolken gesungen: Advent!

Advent soll nun werden. Hier ist auch ein Gott, ein HERR, der kommt in der Flut, zu vollenden sein Werk. Zu erlösen Tjark Evers und ihn neu zu gebären. Hier steht er, nicht wahr? Hier steht er, auf dem fließenden Sand. Hier wird er bleiben, in Fluten vergehen, aus den Fluten werden. Ja, jubelt es in ihm, nehmt von meinem Fleisch, saugt mein Blut! Er wird sich überlassen, wird See trinken und See sein. Uralten Bahnen wird er folgen, der Kraft, die alles Irdische erschaffen hat. Wird sich gliedern und Stoffe wechseln, Festes nehmen von der Böden, die er berührt, das Feste sammeln in jungen Zellen, bis er selbst fest wird. Sand wird er werden! Sand, den die See trägt und formt. Dem HERRN sind schon größere Wunder gelungen.

Sein Herzschlag, echoarm und einsam, wird Symphonie sein der See, im Rhythmus der Tide. Eins mit der Strömung senkt sich, was aus ihm geworden ist, als Plat vor eine Küste, atmet Salz und Wasser, hebt sich langsam dem Himmel entgegen.

Wind fühlt er streichen, der wirft weiteres dazu. Binsenquecke und Strandhafer graben ihre Wurzeln in den nassen Grund. So wird er kommen, nicht zu richten, sondern zu wachsen und zu werden. Erst weißer Strandwall, jungfräulich, dann dunkler, breiter, satt von neuer Schwere. Sanft vergehen Tag und Nacht und tausend, abertausende von Jahren. Dünenkränze festigen sein Reich. Muscheln säumen seinen Leib. Er fühlt die Krallen des Sandregenpfeifers, auch den Stich seines Schnabels, wenn er nach Wattschnecken gräbt. Ein verzücktes Lächeln kräuselt Tjarks Lippen. So ist es endlich richtig. Er ist Insel geworden.

Die Lider halb geschlossen, breitet er die Arme aus. Krümmt mit zum Himmel geöffneten Handflächen die Finger, Wurzeln von Strandflieder und Rotschwingel, ins trübe Licht. Unter den Nägeln knospen die ersten Blüten hervor. Winzige Notenköpfe einer Ouvertüre in Rot und Violett. Tjark ist bereit.

VIER TODESFÄLLE verzeichnet das von Pastor Enno Ulrich August Kittel in pedantisch enger Schrift geführte *Todes- und Begräbnißbuch der Parochie Baltrum für die Zeit vom 1. Januar 1866 bis ultimum December 1866.*

Am 17. Juli, lesen wir, wird »auf dem westlichen Strande« der Insel die Leiche eines Unbekannten angespült, »wahrscheinlich dem Schifferstande angehörig«. Alter: »etwa 40–45 Jahre«. Todesart: »Ertrunken.« Bemerkungen: »Die Leiche war schon ziemlich in Verwesung. Die Kleidung bestand in einem gestreiften leinenen sogenannten Buseruuntje, einem blauwollenen Hemde, worin man auf der Brust ein Herz eingestickt, einer Oberhose von gestreiftem Buckskin, einer grauwollenen Unterhose, kleinen zweinäthigen Stiefeln, vorn höher als hinten.« Am 31. Juli, morgens um fünf Uhr, stirbt Reemt Ulrich, »Wittwer, Schiffer zu Baltrum«, 82 Jahre, 9 Monate und 16 Tage alt. Todesart: »Altersschwäche.« Am frühen Morgen des 17. Dezember erlischt das kleine Leben der Tochter von Schiffer Paul Otten und seiner Frau Gesche, geborene Albers. Todesart: »Wahrscheinlich Krämpfe.«

Der letzte Tote dieses Jahres ist »Evers, Tjark Ulrich Honken, lediger Matrose zu Baltrum«. Als Ort seines Todes notiert Pastor Kittel: »Im Watt.« Tag und Stunde des Todes: »Am drei und zwanzigsten December. Die Stunde läßt sich nicht angeben.« Todesart: »Ertrunken.« Tag des Begräbnisses: ein langer, ins Unbestimmte ragender Strich.

Bemerkungen: »Der Verunglückte besuchte die Navigationsschule in Timmel. In den Weihnachtsferien wollte er seine Eltern besuchen und kam am 22. December auf Westeraccumersiel an. Am Morgen des andern Tages (Sonntags) bestieg er mit einem Langeooger ein Boot, das sie jeden an den heimatlichen Strand setzen sollte. Zwischen 6–7 Uhr Morgens fuhren sie ab; ein ziemlich dicker Nebel verhinderte aber den Blick in die Ferne. Die Bootsleute ruderten zuerst nach dem Langeooger Strand, wo sie den Mann von Langeoog aussetzten, von da wollten sie dem Baltrumer Strande zurudern. In der festen Meinung, diesen Strand erreicht zu haben, legte man an, und der Verunglückte stieg aus und die Bootsleute fuhren wieder ab. Es war aber nicht der heimatliche Strand, den der Verunglückte betreten hatte, sondern eine Sandbank, auf der er in der steigenden Fluth seinen Tod gefunden. Der Unglücksfall wurde am 5. Januar 1867 bekannt. Am 3. Januar ist an der Insel Wangeroog in einer Cigarrenkiste, die mit einem Taschentuch umwunden, das Taschenbuch des Verunglückten angetrieben, worin er mit der Bleifeder u. a. geschrieben – Liebe Eltern, Gebrüder und Schwestern, ich stehe hier auf einem Plat und muß ertrinken, ich bekomme Euch nicht wieder zu sehen und ihr mich nicht, Gott erbarme sich über mich und tröste Euch – ›Gott vergebe mir meine Sünden und nehme mich zu sich in sein Himmelreich Amen.‹«

Mit einer Leiche ohne Geschichte beginnt das Baltrumer Sterbejahr 1866, mit einer Geschichte ohne Leiche endet es. Bei unbekannten Toten, welche die See auf den Strand warf, dient die Rubrik »Bemerkungen« eventueller späterer Identifizierung, in Fällen natürlicher Tode bleibt sie leer, im Falle Tjarks quillt sie über. Kittels auf den 28. Januar 1867 datierter Eintrag ist der bei weitem ausführlichste, der sich in den Baltrumer Sterbebüchern findet. Dieser Tod musste verstanden, vor allem aber: beglaubigt werden. Tjark Ulrich Honken Evers' Leben hatte die See genommen, seinen Körper hatte sie, wie es schien, behalten. Kein Begräbnis konnte diese Akte schließen, statt Erde zu Erde, Staub zu Staub zu geben, war die Geschichte dieses Todes zu erzählen, und ihre Peripetie erzählte der Tote selbst, »mit der Bleifeder«, handgreiflich also wie Fleisch und Knochen, blauwollenes Unterhemd und doppelt genähte Stiefel.

Ertrunkene, sagt man uns, gehen unter. Der Körper befindet sich in Bauchlage, der Rumpf ist durch die in Lungen und Darm verbliebene Luft angehoben, Stirn oder Schädeldecke, Handrücken, Fußrücken und Knie haben Grundkontakt, was bei Bewegungen in der Grundströmung zu typischen postmortalen Verletzungen führt. Bis die Bildung von Fäulnisgasen ihr spezifisches Gewicht verringert – ein Prozess, den niedrige Wassertemperaturen erheblich verlangsamen –, verharrt die Leiche im Bereich der Untergangsstelle. Treibt der Körper auf, unterliegt er den Gesetzen der jeweils herrschenden Strömung; im Wattenmeer kann ihn der Rhythmus von Ebbe und Flut hin- und herbewegen oder durch eines der Seegaten zwischen den Inseln auf die offene See spülen. Kommt es zum Kontakt mit Schutzwerken, Schleppnetzen, dem Kiel oder dem Ruder eines Schiffes, entstehen weitere Verletzungen: Haut und Weichteile können zerschnitten, Knochen zertrümmert, Gliedmaßen oder der Kopf abgetrennt werden. Die Skelettierung der Leiche durch bakterielle Zersetzung und Tierfraß beginnt im Wasser nach etwa anderthalb Jahren.

Manchen der im 19. Jahrhundert ertrunkenen Schiffer, Steuermänner und Matrosen hat die Nordsee wieder freigegeben, nicht nur den Unseligen, der auf seinem Hemd ein gesticktes Herz trug. Wie viele es waren, bleibt offen; Zahlen haben wir nicht zur Hand. Sicher ist, dass diejenigen, deren zerschundene, verweste, skelettierte Körper an irgendeiner Küste, am Strand irgendeiner Insel antrieben, in den allermeisten Fällen als unbekannte Tote begraben wurden. Ihre Geschichten waren ihnen auf den Leib, in die häufig zerfetzte Kleidung geschrieben, nur konnte, wer die Leiche fand, sie nicht lesen. Die See hatte den Betreffenden ihr Leben nicht nur genommen, sie hatte es auch zum Fragment gemacht, zu einem Satz ohne Punkt, einem Ende ohne Anfang. Denen, die seine Geschichte hatten, fehlte der Tote, denen, die den Toten hatten, fehlte seine Geschichte. Soweit es die Insulaner betraf, blieb es dabei; die angeschwemmten Toten zu identifizieren, mühte man sich nicht, nach den ertrunkenen eigenen Leuten suchte man nur in Ausnahmefällen. Wer bei einem Schiffbruch umkam oder im Wattenmeer, der war »auf See geblieben«. Die See hatte ihn genommen und nach ihrer Art begraben.

Wo hätte man Tjarks Leiche auch suchen sollen? Vielleicht lag sein Körper, als Pastor Enno Kittel das *Todes- und Begräbnißbuch* für 1866 schloss, noch im Wattenmeer, vielleicht war er im Bereich der Plat auf den Grund gesunken, vielleicht gab ihn die Ebbe sogar für Stunden frei, einen Haufen Stoff und Fleisch, aufgebahrt im Schlick, weder vom Rand der Insel noch vom Fahrwasser aus zu sehen. Vielleicht war er auch, weil sich Lufträume unter seiner Kleidung gebildet hatten, an der Wasseroberfläche geblieben, mit der Flut an der Südseite der Insel entlang geschwemmt und dann von der Ebbe durch die Wichter Ee auf die offene See gezogen worden, auf ähnlichem Weg wie die Zigarrenkiste, nur mit anderem Ausgang. Dass Tjark Evers auf Baltrum angetrieben werden könnte, wird niemand erwartet haben.

Am 11. Februar 1867, fünf Wochen, nachdem Tjarks Zigarrenkiste am Wangerooger Flutsaum entdeckt worden ist, liegt ein Toter auf dem Baltrumer Oststrand. Seine

Gliedmaßen hängen »nur durch die Sehnen noch aneinander«, die Hände fehlen, die in Fetzen auf den Knochen klebende Kleidung besteht »in einem weißflanellenen schon zerrissenen Hemde, in einer weißgestrickten Unterjacke, in ledernen Halbstiefeln, in einem ledernen Riemen mit einer Schnalle«. Man bestattet die Leiche am Tag ihrer Auffindung hinter dem Ostdorf, auf dem für die Namenlosen vorgesehenen Platz.

DER FRÜHLING kommt rasch in diesem Jahr; schon im Februar macht sich Honke Eilts Evers, schmaler geworden und mit härteren Zügen, als bisse er bei jedem Atemholen die Zähne zusammen, auf den Weg nach Bremerhaven, wo die Galiot »Elise« den Winter über gelegen hat. Sein Sohn Eilt begleitet ihn. Sie nehmen Fracht auf, segeln durch die Ostsee, von Hafen zu Hafen, bis nach Königsberg. Anfang November kehrt Honke Eilts nach Baltrum zurück, wie alle Männer, und schickt sich in den schlichten, geordneten Gang des Insellebens. Zweimal fährt er in den folgenden Wochen aufs Festland, zuerst nach Leer, wo er bei der »Ersten Assecuranz-Compagnie« seine Schiffsversicherung erneuert, dann begleitet er den Vogt Küper, der irgendeine Amtssache zu erledigen hat, nach Aurich. Ein kalter, regnerischer Dezembertag mit ablandigem Wind, die Überfahrt dauert lange und im Inland sind die Wege so durchweicht, dass sie mit ihrem gemieteten Fuhrwerk etliche Male stecken bleiben. Trotzdem will Honke Eilts weiter, nachdem Küper abgestiegen ist, weiter nach Timmel. Gute zwei Stunden später steht er vor der Königlichen Navigationsschule, starrt auf die hohen, von weißen Sprossen geteilten Fenster, an die der Regen schlägt und hinter denen die angehenden Steuermänner unterrichtet werden. Da fühlt er, dass er nicht mehr wartet.

Den 23. Dezember, Tjarks ersten Todestag, begeht Familie Evers fast wortlos. Das Schweigen ist so dicht, dass auch die Kinder der ältesten Tochter Catharina Honken Ulrichs, die den Tag bei ihren Eltern verbringt, nur flüstern. Catharina hat einen kleinen Langeooger Jungen zu sich genommen, dessen Mutter, eine entfernte Verwandte von Großmutter Hiemke, die aus Langeoog stammt, bei der Geburt ihres siebten Kindes gestorben ist. Ein gutherziger Bursche, der kleine Remmer, nur langsam im Kopf, bewegt sich durch die Gegend, als sei bloß sein Körper hier und der Rest woanders. Catharina sorgt sich um ihn, verzichtet aber darauf, ihn zu bemuttern. Er soll sich selbst einfügen.

Schweigend wird das Abendessen verzehrt, schweigend das Geschirr abgeräumt. Dann steht Honke Eilts auf, mühsam, als trage er eine Last auf den Schultern, geht an die Kredenz, aus deren unterstem Fach er die Zigarrenkiste holt, stellt die Kiste auf den Tisch, nimmt das Taschenbuch heraus, blättert lange in den noch immer klammen Seiten, findet schließlich, was er gesucht hat und liest, mit stockender, leiser Stimme: »Liebe Eltern, Gebrüder und Schwestern …«

Remmer rutscht von seinem Stuhl, stellt sich neben den alten Mann, hängt mit großen Augen an seinen Lippen. Vielleicht versteht er, worum es geht, vielleicht ahnt er das Schicksal des Schreibers. Vielleicht fasst er deshalb immer wieder scheu die Zigarrenkiste an.

IM SOMMER des folgenden Jahres, 1868, sieht man den Kleinen, den Catharina laufen lässt, wohin er will, jeden Tag am Osterhook. Der warte auf seinen Vater, heißt es, den Matrosen Schneider, der im Jahr zuvor im Langeooger Watt ertrunken ist. Bis zur Dämmerung läuft der Junge den Oststrand auf und ab, sammelt Strandgut, das er zu einem Haufen schichtet, Muschelschalen, die er nach Größe sortiert in Ellipsen anordnet, und gräbt mit den Händen Löcher, bis von allen Seiten Wasser hineindrängt, in dem seine Finger ertrinken.

Anfang August schlägt das Wetter um, Regen, einen Tag nach dem andern, zudem stürmt es. Remmer hat Fieber bekommen, Catharina hält ihn im Haus, aber am 5. August, einem grauen und ungewöhnlich kühlen Tag, entwischt er durchs Fenster und ist eine Stunde später wieder am Osterhook. Auf dem Weg hat er eine Mütze gefunden, dunkelblau, mit aufgesticktem Anker, die der Sturm irgendwo einem vom Kopf gerissen hat. Zuwachs für seinen Haufen, auf dem schon ein Stiefel liegt, ein

Halstuch und ein Paar Hosenträger. Aber Remmer sieht gleich, als er auf den Oststrand kommt, dass der Haufen weggespült worden ist. Da liegt nur noch der Stiefel. Er knüllt die Mütze in den Händen, unschlüssig, ob er sie dazulegen soll oder nicht. Dann sieht er einen neuen Haufen, zwanzig Meter entfernt, am Wassersaum. Groß und dunkel, lang hingestreckt. Wer hat den gemacht?

Remmer läuft hin und drumherum. Alles Stoff, zerrissen. Eine Handvoll schwarzer Knöpfe. Zwei Stiefel. Das ist ein Hemd, mit Ärmeln. Keine Hände. Ein Hals mit Barthaaren. Kein Kopf.

Unwillkürlich nimmt Pastor Enno Kittel die Schultern hoch, als er aus dem Pfarrhaus tritt, und zieht den Kragen seiner dünnen Jacke enger. Vor der Tür stehen Erich Hinrichs, der Gemeindediener, einen Spaten auf der Schulter, und zwei kleine Jungen, Reemt Tjarks Ulrichs, sieben oder acht Jahre alt, und ein noch kleinerer, der Kittel nicht kennt. Seit zwei Jahren ist er Pastor auf der Insel, gewöhnen wird er sich an die Verhältnisse nie. Er passt nicht hierher, schon äußerlich nicht, mit seinen glatten Zügen, dem großen, vollen Mund und den halblangen, weich zur Seite gescheitelten braunen Haaren. Ein Glaubensverkünder in der Fremde, wie sein Bruder Georg Ferdinand, der als Missionar nach Mangalore gegangen war, einer Hafenstadt in Südindien, dort wenige Jahre nach der Heirat seine Frau verloren hatte und nun wieder in Buttforde lebte. Zurückgekehrt aus einer Welt, die Enno Ulrich August ähnlich unvertraut scheinen konnte wie die Insel, auf die es ihn verschlagen hatte, der heidnisch maßlose Himmel, der sie überspannte, die unerlöste See, die sie schuf und verschlang, das urzeitlich brütende Watt mit seinen Prielen und Platen, die auch den Tod brachten, schneller noch und jedenfalls kälter als das tropische Wechselklima Mangalores. Denn um einen Toten ging es ja wohl, wenn er die aufgeregten Sätze des kleinen Reemt richtig verstanden hatte. Um einen Toten ohne Kopf, der am Oststrand lag.

Gefunden worden sei die Leiche, wird er später ins Sterbebuch eintragen, »auf dem Süd-Ostende der Insel«. Ein »unbekannter Mann«, dessen Alter »auch nicht muthmaßlich« bestimmt werden könne, »Tag und Stunde des Todes unbekannt«. Bemerkungen: »Die Leiche war schon ganz in Verwesung übergegangen, ohne Hände, ohne Kopf, nur Barthaare und trug nur noch zerlumpte Kleidungsstücke, die kaum noch zu erkennen waren. Sie bestanden in einem blauflanellenen Hemde und Unterhose, einer Weste von schwarzem Tuch und mit schwarz überzogenen Knöpfen, und in ledernen kurzen Gamaschenstiefeln mit Gummi an den Seiten.«

Jetzt steht Kittel neben diesem Haufen Stoff und Knochen, der mal ein Mensch gewesen ist. Ein Seemann, was sonst. Wer weiß, von wo. Tot. Aufgenommen ins Himmelreich. In der Hand Gottes, der ihm gnädig sein wird. Gewohnheitsmäßige Gedankengänge, tröstlich für den gläubigen Christen, entlastend, beruhigend. Kittel folgt ihnen nur mit halbem Verstand, der Rest formt

Sätze, die ihn beunruhigen. Warum denkt er an Tjark Evers. Der hier ist das nicht, kann das doch nicht sein, sagt er sich, aber etwas sagt ihm das Gegenteil. Die Kleidung ist es nicht, obwohl er eine solche Weste mit solchen Knöpfen schon an Navigationsschülern gesehen hat. Aber die Haare am Hals. Buchweizenblond, das Evers-Blond. Honke Eilts, Otto, Eilt, jeder Evers hat diese Haar- und Bartfarbe.

Der Pastor taumelt, kein fester Boden unter seinen Füßen, seine Hände greifen ins Leere, nach irgendeinem Halt. Er fängt sich erst wieder, als Hinrichs seinen Spaten neben ihm in den Sand stößt und wissen will, was zu machen ist. Soll er die Wippe holen, diese Menschenreste aufladen und zum Namenlosen-Friedhof fahren? An Ort und Stelle begraben, jetzt, entscheidet Kittel und murmelt Rechtfertigendes, Wetter, Zustand der Leiche, was der Gemeindediener nicht hört und auch nicht hören muss. Der muss ein Loch ausheben, tief genug, aber ein paar Schritte entfernt, in Richtung Dünen.

Während Hinrichs gräbt, geht Kittel, die Hände in den Taschen, ans Wasser und schaut übers Watt. Irgendwo da draußen also, in diesem bleiernen, schaumigen Grau. Ein paar hundert Meter vor der Insel und doch wie aus der Welt. Schon als das Wasser ihm ans Knie stand, kann der Kerl sich nur noch mit all seiner Kraft auf der Plat gehalten haben. Die Flut zieht, das hatte Kittel bereits selbst erlebt. Und die Kälte! Die Stiefel längst vollgelaufen, die Wellen brechen sich an den Schenkeln, durchnässen nach und nach auch die Jacke, die Muskeln werden starr, der Atem geht schwer, stoßweise, die Brust wird eng. In der Flut treibt der Tod, kreist ihn ein. Tjark Evers hält dagegen, es ist sein Leben, sein Tod soll es sein. »Ich habe das Wasser jetzt ans Knie ich will mich gleich ertränken, denn Hülfe ist nicht mehr da«.

Der Satz zerrt an Kittel, der treibt ihn um, seit anderthalb Jahren. Da war das Heidnische durchgebrochen im jungen Evers, dies Unausrottbare, das jeder Insulaner in sich trug. Die Stirn, über sich selbst verfügen zu wollen. Das Leben als einen Kampf mit alten Mächten zu nehmen, Mann gegen See, gegen Sturm, gegen Nebel, und Gott herauszuhalten, den sie nur in den vagen Welten jenseits des Todes eine Rolle spielen ließen. Auf Erden zählte ihr eigener Wille, nichts sonst. Eine Fratze, hässlich und teuflisch wie die erste Sünde. Diese Männer sühnten sie nicht, sie wiederholten sie, ohne Bewusstsein von Schuld. Und hielten sich aufrecht dabei.

Dennoch, Tjarks letztes Wort war der furchtbare Satz nicht. Danach hatte er an den Kirchgang seiner Lieben gedacht und auf ihr Gebet gehofft. Zweifel blieben, aber man konnte auch glauben, dass der Kerl die Anfechtung bestanden und sich schließlich einem anderen, größeren Willen anvertraut hatte.

Kittel litt darunter, dass er beim Abfassen des Sterberegisters zu gedankenlos, nein, zu schwach gewesen war, diesen Faden zu spinnen. Stattdessen hatte er in den »Bemerkungen« nur Sätze Tjarks zitiert, aus denen Schicksalsergebenheit und ungebrochenes Gottvertrauen sprach.

Das war nicht recht gewesen. Er hätte alle Seiten des Taschenbuchs abschreiben müssen oder keine, aber nicht bloß diesen Auszug, mit dem er die Seelenqualen des jungen Evers wegstrich. Eine Klitterung, wenn nicht gar eine Fälschung. Das Wort musste doch zählen. Zumal das geschriebene.

Als Tjark starb, am vierten Advent, hatte Kittel über den Philipperbrief gepredigt, Kapitel 4, Verse 4 bis 7. »FRewet euch in dem HErrn allwege / vnd abermal / sage ich / frewet euch. Ewer Lindigkeit lasset kund sein allen Menschen. Der HErr ist nahe. Sorget nichts / Sondern in allen dingen lasset ewre Bitte im Gebet vnd Flehen / mit Dancksagung für Gott kund werden. Vnd der friede Gottes / welcher höher ist / denn alle vernunfft / beware ewre hertzen vnd sinne in Christo Jhesu.« Familie Evers war in der Kirche gewesen, die alten Eltern, die großen, ruhigen Söhne Otto und Eilt, die siebzehnjährige Elise. Die älteste Tochter Catharina hatte gefehlt; sie war wenige Wochen zuvor zum vierten Mal Mutter geworden. Aber ihr Mann, Tjark Reemts Ulrichs, hatte mit den drei Geschwistern des Neugeborenen in der Bank gesessen, mit Reemt, der fünfjährigen Trientje und der zweijährigen Hiemke. Schmallippig wie immer waren sie dem Gottesdienst gefolgt und wie immer stumm geblieben, als Kittel das Schlusslied anstimmte. Aber vielleicht hatten sie sich ja doch auf ihre eigene, ihm verschlossene Weise im Herrn gefreut, vielleicht hatte der Friede Gottes, höher als alle Vernunft, ihre Herzen gefüllt, gespeist von einem trockenen Zutrauen, an das kein zugereister Pastor reichte, weil es älter war, härter und elementarer als jede Theologie. Vielleicht hatten sie sich gefreut – während ihr Sohn, Bruder, Schwager und Onkel ein paar Kilometer entfernt starb, einsam erstickt von der kalten Hand der Flut.

Kittel atmet tief durch, massiert sein Gesicht, dreht sich dann um, weg von der See, die er im Rücken haben will. Der Wind ist abgeflaut, aber es regnet wieder, schwere Tropfen, die fast senkrecht fallen und kleine Mulden hinterlassen, wenn sie auf den Sand treffen. Kittel folgt den Einschlägen mit den Augen und bemerkt erst jetzt, dass der kleine Junge da ist, der die Leiche gefunden hat. Als sie am Ostdorf vorbeikamen, hatte er Reemt nach Hause geschickt und angenommen, der Kleine würde mitgehen. Stattdessen war er ihnen in den Osten gefolgt. Auch so ein Eigenwilliger. Vermutlich will er sehen, was mit seinem Fund passiert. Soll er. Hinrichs kann ihn dann mit zurücknehmen, der wird schon wissen, wohin er gehört. Der Gemeindediener hat unterdessen aufgehört zu graben, steht in dem ausgehobenen Loch und kratzt sich den Kopf. Tiefer, denkt Kittel. Tiefer.

Remmer hat Herzmuscheln gesammelt und wie einen Kranz um die Leiche gelegt, ein paar Büschel Strandhafer abgerissen und da in den Sand gedrückt, wo der Tote seine Hände hatte. Wo der Kopf sein müsste, liegt die Mütze mit dem aufgestickten Anker. Sein Mann ist das. Sein lieber Mann.

Eine unruhige Wolke zuckt über das Seegat, kleine Vögel, die sich dicht über dem Wasser halten, als sei der Himmel ihnen zu hoch. Regenpfeifer. Jetzt sind sie über ihm, werfen rasch wechselnde Schatten auf seinen Mann, rufen den, immer wieder. Aber der wacht nicht auf. Remmer kniet sich neben ihn in den Sand, streckt scheu die Hand aus, berührt ihn an der Schulter. Der regt sich nicht. Remmer schiebt die Fetzen des Flanellhemds zur Seite, fährt die aufgequollene, wachsweiße Haut entlang von der Kehle bis ans Ende des Brustbeins, wo das Fleisch aufgetrennt ist und zur Seite gefaltet, als hätte ein Pathologe den Schnitt geführt. Eine Höhle, vorsichtig tastet Remmer sich hinein. Weich ist das, weich wie Katzenfell. Ein Vlies von weichen Zotten, direkt unter der Haut wurzelnd, das sich bewegt, weich und wärmend um die vereinsamten Organe wogt, im sanften Rhythmus eines ruhigen Herzschlags. Eine Träne läuft dem Kleinen den Nasenrücken entlang, die er schnell mit dem Ärmel wegwischt. Er streckt die Beine aus, legt sich über den Toten und führt noch die zweite Hand in die Bauchhöhle, spürt nun mit allen Fingern dieses Wogen, in dem er bleiben will.

So liegt der Junge, als Gemeindediener Hinrichs sich aus dem Loch stemmt, das jetzt fast einen Meter tief ist, ein Grab, in dem die Flut steigt. Sie holt ihn sich zurück, denkt Kittel, der danebensteht. Dies Element, das blind nach allem giert, was es fassen kann, mehr und mehr, nie satt wird, sich an Küsten und auf Strände wirft und seine

Qual über Riffen herausbrüllt. Vergebens. Mit ihm schließt der Himmel keinen Bund. Es wird auf der Erde bleiben, ans Irdische gekettet, ruhelos in Ewigkeit.

Er fühlt eine Hand an seinem Arm, Hinrichs, der Remmer sieht. Aufgeschreckt springt Kittel zwei Schritte vor, weist den Kleinen barsch zurecht, packt ihn am Kragen, zerrt ihn von der Leiche.

Verstört steht der Junge da, beißt sich auf die Lippen, weiß nicht, wohin mit den Händen. Als beide Männer mit Stiefeln und Spaten darangehen, den Toten in sein Sandgrab zu stoßen, rennt er los, rennt über den Strand ins Wattenmeer, watet durch den ersten Priel, den zweiten, in dem ihm das Wasser schon ans Knie reicht, hält erst an, als er auf einer Plat steht. Kittel und Hinrichs sieht er nicht mehr, seinen lieben Mann nicht und auch nicht die Insel. So dicht fällt der Regen, dass alles Wasser wird.

Tjarks Taschenbuch, die Zigarrenkiste, das Halstuch und der Bleistift sind zu sehen im Heimatmuseum »Altes Zollhaus« auf Baltrum.

Faksimiles und Transkriptionen der Texte, die Tjark auf der Plat geschrieben hat, zeigt das Wattenmeerhaus in Wilhelmshaven.

Für Unterstützung bei unseren Recherchen und dem Schreiben dieses Buches danken wir, in alphabetischer Reihenfolge: Horst Evers (Esens), Edelgard Graß (Baltrum), Melanie Heusel (Göttingen), Marjaleena Lembcke (Greven), Hans Ortelt (Dornum), Willm Prasse (Diepholz), Dr. Volker Schäfer (Varel), Dr. Martin Schewe (Gütersloh), Roger Staves (Wilhelmshaven), Petra Vollmer (Barum) sowie den Mitarbeitern des Staatsarchivs Aurich.

Uwe Timm im dtv

»Als Stilist und Erzähler sucht Uwe Timm
in Deutschland seinesgleichen.«
Christian Kracht in ›Tempo‹

Heißer Sommer
Roman
ISBN 978-3-423-**12547**-5

Johannisnacht
Roman
ISBN 978-3-423-**12592**-5

Der Schlangenbaum
Roman
ISBN 978-3-423-**12643**-4

Morenga
Roman
ISBN 978-3-423-**12725**-7

Kerbels Flucht
Roman
ISBN 978-3-423-**12765**-3

Römische Aufzeichnungen
ISBN 978-3-423-**12766**-0

Die Entdeckung der Currywurst
Novelle
ISBN 978-3-423-**12839**-1
und dtv AutorenBibliothek
ISBN 978-3-423-**19127**-2

Nicht morgen, nicht gestern
Erzählungen
ISBN 978-3-423-**12891**-9

Kopfjäger
Roman
ISBN 978-3-423-**12937**-4

Der Mann auf dem Hochrad
Roman
ISBN 978-3-423-**12965**-7

Rot
Roman
ISBN 978-3-423-**13125**-4

Am Beispiel meines Bruders
ISBN 978-3-423-**13316**-6

Uwe Timm Lesebuch
Die Stimme beim Schreiben
Hg. v. Martin Hielscher
ISBN 978-3-423-**13317**-3

Der Freund und der Fremde
ISBN 978-3-423-**13557**-3

Halbschatten
Roman
ISBN 978-3-423-**13848**-2

Von Anfang und Ende
Über die Lesbarkeit der Welt
ISBN 978-3-423-**14036**-2

Freitisch
Novelle
ISBN 978-3-423-**14152**-9

Vogelweide
Roman
ISBN 978-3-423-**14379**-0

Siegfried Lenz im dtv

»Siegfried Lenz gehört nicht nur zu den ohnehin raren großen Erzählern in deutscher Sprache, sondern darüber hinaus auch noch zu den ganz wenigen, die Humor haben.«
Rudolf Walter Leonhardt

Das Feuerschiff
Erzählungen
ISBN 978-3-423-00336-0

Es waren Habichte in der Luft
Roman
ISBN 978-3-423-00542-5

Der Spielverderber
Erzählungen
ISBN 978-3-423-00600-2

Beziehungen
Ansichten und Bekenntnisse zur Literatur
ISBN 978-3-423-00800-6

Einstein überquert die Elbe bei Hamburg
Erzählungen
ISBN 978-3-423-01381-9

Der Geist der Mirabelle
Geschichten aus Bollerup
ISBN 978-3-423-01445-8

Der Verlust
Roman
ISBN 978-3-423-10364-0

Exerzierplatz
Roman
ISBN 978-3-423-10994-9

Die Klangprobe
Roman
ISBN 978-3-423-11588-9

Über das Gedächtnis
Reden und Aufsätze
ISBN 978-3-423-12147-7

Ludmilla
Erzählungen
ISBN 978-3-423-12443-0

Arnes Nachlaß
Roman
ISBN 978-3-423-12915-2

Bitte besuchen Sie uns im Internet: www.dtv.de

Siegfried Lenz im dtv

»Denn was sind Geschichten? Man kann sagen, zierliche Nötigungen der Wirklichkeit, Farbe zu bekennen. Man kann aber auch sagen: Versuche, die Wirklichkeit da zu verstehen, wo sie nichts preisgeben möchte.«
Siegfried Lenz

Die Auflehnung
Roman
ISBN 978-3-423-**13281**-7

Fundbüro
Roman
ISBN 978-3-423-**13336**-4

Deutschstunde
Roman
ISBN 978-3-423-**13411**-8

Heimatmuseum
Roman
ISBN 978-3-423-**13413**-2

Landesbühne
ISBN 978-3-423-**13985**-4

Schweigeminute
Novelle
ISBN 978-3-423-**13823**-9
ISBN 978-3-423-**25320**-8
(dtv großdruck)

Die Ferne ist nah genug
Erzählungen
ISBN 978-3-423-**14023**-2

Küste im Fernglas
Erzählungen
Hg. v. Helmut Frielinghaus
ISBN 978-3-423-**14080**-5

Die Maske
Erzählungen
ISBN 978-3-423-**14237**-3

Wangeroge
Spikeroge
Die Harle
DIE
JADE
H E R R
S C H A F T
JEVER
HERR.
SCHAFT
KNIPHAUSEN
J E V E R
A M T
FRIEDEBURG
H E R Z O G
Wittmund
Tettens
Middoch
Weitrum
Eggelingen
Asel
Warden
St. Jost
Wuppels
Oldorf
Pakkens
Waddewarden
Sengwarde
Sillenstede
Federwarden
Accum
Cleverns
Sandel
Schortens
Leerhave
Heppens
Niende
Reepholt
Etzel
Neustadt
Horsten
Zetel
Bockhorn
Varel
Remels